唐宋诗词名作鉴赏

诗路花语

刘婷婷 编

浙江工商大学出版社·杭州

图书在版编目(CIP)数据

诗路花语：唐宋诗词名作鉴赏 / 刘婷婷编. — 杭州：浙江工商大学出版社，2021.4

ISBN 978-7-5178-4208-8

Ⅰ. ①诗… Ⅱ. ①刘… Ⅲ. ①古典诗歌－诗歌欣赏－中国－唐宋时期 Ⅳ. ①I207.2

中国版本图书馆 CIP 数据核字(2020)第 261236 号

诗路花语——唐宋诗词名作鉴赏

SHILU HUAYU——TANGSONG SHICI MINGZUO JIANSHANG

刘婷婷 编

责任编辑 张晶晶
封面设计 沈 婷
责任印制 包建辉
出版发行 浙江工商大学出版社
(杭州市教工路 198 号 邮政编码 310012)
(E-mail:zjgsupress@163.com)
(网址:http://www.zjgsupress.com)
电话:0571－88904980,88831806(传真)
排　　版 杭州朝曦图文设计有限公司
印　　刷 杭州宏雅印刷有限公司
开　　本 880mm×1230mm 1/32
印　　张 8.125
字　　数 155 千
版 印 次 2021 年 4 月第 1 版 2021 年 4 月第 1 次印刷
书　　号 ISBN 978-7-5178-4208-8
定　　价 56.00 元

浙江工商大学出版社营销部邮购电话 0571－88904970

前 言

习近平总书记充分肯定传统文化的重要作用和意义，他于2014年10月15日的文艺工作座谈会上指出："中华优秀传统文化是中华民族的精神命脉，是涵养社会主义核心价值观的重要源泉，也是我们在世界文化激荡中站稳脚跟的坚实根基。要结合新的时代条件传承和弘扬中华优秀传统文化，传承和弘扬中华美学精神。"在众多传统文化形式中，古典文学尤其是唐宋时期的诗词作品无疑是优秀代表。作为唐宋时期的"一代之文学"，唐宋诗词名家辈出、名作纷呈，内蕴丰富、音韵谐美，具有很高的文学价值和审美价值，是中国古代文学史中极为优美的一部分。

唐宋诗词名作是唐宋时期杰出人士精神追求和思想精华的外化，是中华民族精神的高度凝练。"安得广厦千万间""位卑未敢忘忧国""留取丹心照汗青"等名句中流溢着忧患意识和爱国热忱，具有高山大河般的力量，激励了一代又一代仁人志士；"天生我材必有用""也无风雨也无晴"等句体现了对人生的自信与超脱，如春日暖阳，将人内心的阴霾一扫而空；"海内存知已""月是故乡明""心有灵犀一点通"等句表达了人们对友谊、家庭与爱情的渴求，能够穿越时空，抚慰人们的心灵。同时，这些诗词名作具有优美的语言、铿锵的声韵，其风格或典雅、或悲壮、或婉约、或豪放、或清丽，无不感人至深，使得这些文字的力量从未因时间流逝与地域变迁而消磨、褪色，反而经大浪淘沙后历久弥新，受众深广。

然而，唐宋诗词作家、名作众多，对于非专业人士来说，在有限时间内有选择地从经典作家、经典作品入手，来了解和学习唐宋诗词，是了解中国优秀传统文化的最佳方式，是提升人格、陶冶情操的良好途径。有鉴于此，编者精选二百余首唐宋诗词名作，编成此书，在此对于编选目的和体例略做说明：

（一）本书编选的初衷是作为大学的通识课教材，主要读者是高等院校的学生。为提升其文学鉴赏能力和审美水平，在作家作品的选取上，一方面试图让读者了解和掌握唐宋诗词的主流和全貌，尽量选取唐、五代、宋朝文学不同发展阶段的具有代表性的作家作品，且力求均衡。另一方面在精读篇目的编排中力避与中小学语文教材的重复，但个别经典篇目也酌情选入。

（二）为增强读者的民族自信和文化自信，使其充分感受到唐宋诗词名作中蕴含的高尚情怀，本书不同于多数同类型教材以年代或以作家出生先后为序进行编排，而是以题材为类别分为十篇。除“爱国”“讽喻”“理想、人生”“山水、田园”“咏史感怀”“咏物感兴”“惜别送别”“亲情、乡情、友情”“闺怨、爱情”九篇外，本书特设“杭州、西湖诗词”篇，精选唐宋时期描写杭州、西湖的诗词名作，以传承优秀地方文化。

同一类别的作家作品主要按照其生活年代先后为序，每个类别有精读篇目十首、补充篇目十二首。同时，因为古典诗词的内容指向多样，这些入选诗词名作的主题并非绝对单一鲜明，不同题材类别的个别作品在内容上或有交叉之处。

（三）选篇版本主要依据中华书局出版的《全唐诗》《全宋词》和北京大学出版社出版的《全宋诗》，同时参考了作家别集或其他选本进行校改。

由于本人学识有限，书中有不妥之处，恳请读者批评指正。

编 者

2020 年 12 月 3 日

目 录

山水、田园篇

咏史感怀篇

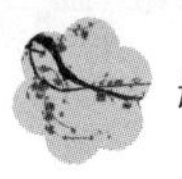

咏物感兴篇

惜别送别篇

亲情、乡情、友情篇

闺怨、爱情篇

爱国篇

作为一种人类千百年历史长河中沉淀、凝固下来的对祖国最深沉的热爱和情感，爱国是中国古代文化中值得大力弘扬的优秀传统，也是中国古典诗词中最早、最常见的主题之一。

《诗经》中“岂曰无衣？与子同袍。王于兴师，修我戈矛。与子同仇”（《秦风·无衣》）等句吟唱出普通士兵同甘共苦、相互勉励、保家卫国的宝贵精神，屈原也在《楚辞》中呈现出九死不悔的忧国情怀。这些对家国的吟唱绵延不绝，化为唐宋时期的“国破山河在，城春草木深”“死去元知万事空，但悲不见九州同”等传世名句，体现在杜甫“致君尧舜上，再使风俗淳”、范仲淹“先天下之忧而忧，后天下之乐而乐”、岳飞“以身许国，何事不敢为”、陆游“位卑未敢忘忧国”

等坚定信念上。

爱国的内涵丰富广阔，唐宋诗词中的爱国并非仅仅体现为狭隘的民族主义，而是与爱民族、爱人民、爱家乡等情感紧密融合在一起，涵盖了不同层面：诉说维护统一、反对分裂的强烈愿望，表达自己坚守气节、效忠祖国的个人理想，抒发忧国忧民、关注国计民生的深切关怀之情，通过赞颂祖国大好河山展露出对家国的强烈自信与自豪感。本篇所选诗词，都是唐宋时期的爱国名作，可以令读者感受到中华民族数千年来生生不息的凝聚力和生命力。

少年行（其二）

［唐］王　维

出身仕汉羽林郎[①]，初随骠骑战渔阳[②]。孰知不向边庭苦，纵死犹闻侠骨香。

【作者简介】

王维，字摩诘，河东蒲州（今山西永济）人，祖籍太原祁县（今山西祁县）。开元九年（721）进士及第，任太乐丞，因伶人舞黄狮子受累，谪济州（在今山东）司仓参军。开元中，张九龄为中书令，王维被擢为右拾遗，后官至给事中。安史之乱起，王维为叛军所俘，被迫接受伪职。战乱平息后，王维受贬职处分，官终尚书右丞，世称王右丞。

王维出身佛教家庭，他精通佛学，精研禅理，晚年的王维半官半隐，过着僧侣般的生活，有“诗佛”之称。他诗歌内容多样，以擅咏田园山水著称，尤长五言，与孟浩然合称“王孟”。除诗歌外，王维还擅长书画，精通音律，被后人推为南宗山水画之祖。其诗歌与书画、音乐等融会贯通，有独到造诣。苏轼评价其：“味摩诘之诗，诗中有画；观摩诘之画，画中有诗。”（《书摩诘蓝田烟雨图》，《东坡题跋》卷五）今存诗四百余首。

【解题】

该诗是王维《少年行》四首之二。《少年行》是王维早年所作，从不同角度刻画少年游侠的形象，描绘了他们豪荡使气、舍身报国、崇尚事功和功成不居的游侠精神，显现出强烈的英雄主义色彩。

【注释】

①羽林郎：汉代禁卫军官名，掌宿卫侍从，常以六郡世家大族子弟充任，后沿用到隋唐时期。

②骠骑：汉武帝时的名将霍去病，曾任骠骑将军。渔阳：古幽州，今天津蓟州区一带。

【赏析】

该诗刻画了拥有豪情壮志的少年游侠，他们报国心切，无视边关的苦寒和战争的残酷，以大无畏的热情奔赴前线。这种报国从军的壮怀与曹植《白马篇》中“捐躯赴国难，视死忽如归”的少年英雄气概一脉相承。此诗虽说的是“仕汉”“骠骑”“渔阳”，却是以汉朝之事喻当时，更是年轻的王维在盛唐时代精神感召下积极进取心态的自然流露，是其理想人格的真实写照。

春望

[唐]杜甫

国破山河在[1]，城春草木深[2]。感时花溅泪[3]，恨别鸟惊心。烽火连三月，家书抵万金[4]。白头搔更短，浑欲不胜簪[5]。

【作者简介】

杜甫(712—770)，字子美，号少陵野老，后世称其为杜少陵、杜工部。祖籍襄阳(今湖北襄樊)，出生于巩县(今河南巩义)。杜甫出身于“奉儒守官”的家庭，其祖父是初唐著名诗人杜审言。杜甫一生不得志，曾困居长安十年，安史之乱起，杜甫奔赴行在，被授官左拾遗、华州司功参军等职，晚年漂泊西南，卒于湘江途中。

杜甫的思想核心是儒家仁政思想，他忧国忧民，希望能“致君尧舜上，再使风俗淳”，其诗歌在内容上有着广泛的社会内容和鲜明的时代色彩，真实深刻地反映了唐朝安史之乱前后的时事政治与社会生活，被称为“诗史”。杜甫的诗歌风格给人的总体感受为“沉郁顿挫”，他讲求炼字炼句，诗歌兼备众体，艺术手法丰富多样，是唐代诗歌思想艺术的集大成者。

【解题】

唐玄宗天宝十四年(755)十一月，安禄山起兵叛唐。次年

(756)六月,唐玄宗匆忙逃往四川,七月,太子李亨继位,为唐肃宗。杜甫安顿家属后,只身一人投奔肃宗朝廷,结果不幸在途中被俘,解送至长安。唐肃宗至德二年(757)春,杜甫亲睹长安城的凄惨破败,心系国事的他百感交集,写下此诗,抒发了感时伤怀之情。

【注释】

①国:国都,即长安。破:陷落。

②城:长安城。草木深:指人烟稀少。

③感时:为时局而感伤。

④抵:值,相当。

⑤浑:简直。欲:想,要。不胜:经受不住,不能。簪:古代束发的首饰。

【赏析】

该诗以“春望”为题,开头四句即书写春望所见:山河依旧,城池却已乱草丛生,纵然春光明媚、鸟语花香,诗人却触目伤怀,只觉得物是人非,满眼苍凉,可谓以乐景写哀情。后四句写诗人对家人的思念:战争已经进行了一个春天,自身流落被俘,妻儿生死未卜,互不通音信,“家书抵万金”写出了诗人对家书的极端渴望。全诗将国家命运与个人命运交织在一起,情景交融,感情含蓄深沉,语言明快、凝练,充分体现了杜甫“沉郁顿挫”的诗歌风格。

古从军行

［唐］李　颀

白日登山望烽火，黄昏饮马傍交河①。行人刁斗风沙暗②，公主琵琶幽怨多③。野云万里无城郭，雨雪纷纷连大漠。胡雁哀鸣夜夜飞，胡儿眼泪双双落。闻道玉门犹被遮④，应将性命逐轻车⑤。年年战骨埋荒外，空见蒲桃入汉家⑥。

【作者简介】

李颀(690—751)，少年时曾寓居颍阳(今河南登封)。开元年间中进士，曾任新乡县尉，晚年隐居于嵩山、少室山一带。生平事迹见于《唐才子传》。其诗内容丰富，多歌咏边塞、描绘音乐之作，诗歌风格豪放，慷慨悲凉。擅写各种体裁，尤长于七言歌行。

【解题】

“从军行”是乐府古题，多写军旅生活。本诗作于唐玄宗天宝初年，作者借乐府旧题，以汉武帝的开边暗喻唐玄宗的开边，表达自己的爱国之心与忧国之情，故加一“古”字。

【注释】

①饮(yìn)马：使马饮水。傍：顺着。交河：古县名，在今新疆吐鲁番西北。

②行人：出征战士。刁斗：古代军中炊具。白天用以煮饭，

晚上敲击代替更柝。

③公主琵琶：汉武帝时以江都王刘建女细君嫁乌孙国王昆莫，恐其旅途烦闷，故弹琵琶以解闷。

④“闻道”句：据《史记·大宛传》载，太初元年，汉武帝命李广利攻大宛，欲至贰师城取良马，战不利，广利上书请罢兵，武帝闻之大怒，发使遮玉门，曰：“军有敢入者辄斩之！”意指边战还在进行，只得随着将军去拼命。

⑤轻车：泛指将帅。汉唐时期曾有轻车将军、轻车校尉、轻车都尉等职名。

⑥蒲桃：今作“葡萄”。

【赏析】

该诗前四句写出了战士们从军紧张的生活，白天观察烽火，傍晚到交河边饮马，黄沙弥漫，唯有军营的打更声和如怨如诉的琵琶声陪伴。军营处于荒凉大漠，凄冷苦寒，大雁哀鸣，士兵流泪。在这近乎绝望的境地中，士兵归家无望，玉门关的交通被阻断，士兵只得舍命追随将军去作战。然而，无数人埋骨荒野换来的只是“蒲桃入汉家”，君王的好大喜功、穷兵黩武带给无数家庭灾难。诗人控诉了残酷的战争，他不仅为唐朝士兵着想，也同情其他民族的士兵，表达了对战争的厌倦和对边境安宁的渴望。

全诗句句蓄意，层层推进，至最后点明主题。全诗多用“纷纷”“夜夜”“双双”“年年”等叠字，更显悲凉雄壮。

贺新郎·送胡邦衡待制赴新州

[宋]张元干

梦绕神州路[1]。怅秋风、连营画角[2]，故宫离黍[3]。底事昆仑倾砥柱[4]，九地黄流乱注[5]？聚万落千村狐兔[6]。天意从来高难问，况人情老易悲难诉。[7]更南浦[8]，送君去。　　凉生岸柳催残暑。耿斜河、疏星淡月，断云微度。万里江山知何处？回首对床夜语[9]。雁不到[10]，书成谁与？目断青天怀今古，肯儿曹、恩怨相尔汝[11]？举大白[12]，听《金缕》。

【作者简介】

张元干（1091—约1161），字仲宗，号芦川居士，福州永福人（今福建永泰县人）。北宋政和初为太学上舍生，宣和年间任陈留县丞。靖康元年（1126）入李纲麾下，为李纲行营属官，曾赋《贺新郎》词赠李纲。南宋绍兴元年（1131）以将作监致仕。张元干尔后漫游江浙等地，卒于他乡。

【解题】

该词作于宋高宗绍兴十二年（1142），是张元干赠胡铨之作。胡邦衡，即胡铨，字邦衡，吉州庐陵人。绍兴年间，胡铨反对和议，请斩秦桧、孙近等，触怒秦桧，被削籍送新州编管，亲友不敢去送行。张元干时年寓居三山（今福建福州），深感于胡铨的爱国之心，以此词送其行，以示声援。

【注释】

①神州:《史记·孟子旬卿列传》载，齐人邹衍言中国名为“赤县神州”，这里指被金人占领的北宋故土。

②画角:古代管乐器，以竹木或皮革制成，形如竹筒，表面有彩绘，故名画角。

③黍离:亡国之叹。毛序《王风·黍离序》“黍离，闵宗周也。周大夫行役，至于宗周，过故宗庙宫室，尽为禾黍。闵周室之颠覆，彷徨不忍去，而作是诗也。”

④底事:言何事。昆仑倾砥柱:古人相信黄河源出昆仑山。《淮南子·地形训》“河水出昆仑东北陬。”传说昆仑山有铜柱，其高入天，称为天柱。《水经·河水注》“砥柱，山名也。昔禹治洪水，山陵当中者凿之，故破山以通河，河水分流，包山而过，山见水中如柱然，故曰砥柱也。”此以昆仑天柱，黄河砥柱，连类并书。

⑤九地:指九州大地。黄流乱注:泛指洪水，比喻金兵的猖狂进攻。

⑥聚万落千村狐兔:指中原经金兵铁蹄践踏后的荒凉景象。

⑦此句化用杜甫诗句“天意高难问，人情老易悲”(《暮春江陵送马大卿公，恩命追赴阙下》)。

⑧南浦:泛指送别的地方。出自屈原《九歌·河伯》“子交手兮东行，送美人兮南浦”。

⑨对床夜语：两人对躺在床上谈话到深夜，说明友谊之深。对床，出自白居易诗句“能来同宿否，听雨对床眠”（《雨中招张司业宿》）。

⑩雁不到：音信难通。相传大雁能传书，但北雁南飞止于衡阳回雁峰，而胡铨所赴之新州在衡阳南面，故言雁不到。

⑪肯儿曹、恩怨相尔汝：指大丈夫不能像小儿女辈一样谈论个人私情。出自韩愈诗“昵昵儿女语，恩怨相尔汝”（《听颖师弹琴》）。

⑫大白：酒杯。

【赏析】

胡铨远谪新州，张元干不顾自身的艰难困境，前来送行。此词为送别胡铨所作，是送别，又不着意于送别。该词上阕述时事，语义深沉，表达了作者对时局的感伤和对国家前途的深深担忧，下阕抒写对朋友的留恋和为国事的哀叹。作者将朋友惜别之情与自己的忧国之心、伤国之痛糅合在一起，赋予了此词超越一般送别词更广泛的内涵。全词大气豪迈，慷慨悲凉，就如《四库全书总目提要·芦川词提要》所赞张元干词：“其词慷慨悲凉，数百年后，尚想其抑塞磊落之气。”

伤　春

[宋]陈与义

庙堂无策可平戎①，坐使甘泉照夕烽②。初怪上都闻战马③，岂知穷海看飞龙④。孤臣霜发三千丈⑤，每岁烟花一万重⑥。稍喜长沙向延阁，疲兵敢犯犬羊锋。⑦

【作者简介】

陈与义(1090—1138)，字去非，号简斋，洛阳人。北宋灭亡后，陈与义自陈留避难南奔，于绍兴元年(1131)抵南宋都城临安(今浙江杭州)，历任礼部侍郎、中书舍人、参知政事等职。绍兴八年(1138)十一月病逝，终年四十九岁。陈与义擅诗，是南北宋之交的重要诗人，也是江西诗派的代表诗人之一，与黄庭坚、陈师道并称为江西诗派“一祖三宗”。其诗歌学杜甫但不墨守成规，融会贯通，其独特诗风被人称为“简斋体”。

【解题】

该诗作于建炎四年(1130)春。建炎三年(1129)，金兵大举渡江，攻下建康(今江苏南京)，十二月，入临安(今浙江杭州)。次年攻破明州(今浙江宁波)，宋高宗乘船逃至海上，国事危急。陈与义当时流落于湖南邵阳，居紫阳山，听闻高宗消息，伤时感事，以《伤春》为题，写下此诗。

【注释】

①庙堂：旧时指皇帝供奉祖宗神位的处所，借指朝廷。出自

范仲淹《岳阳楼记》:“居庙堂之高,则忧其民。”

②甘泉:秦汉时行宫名,在今陕西淳化县甘泉山上,此处代指宋皇宫。夕烽:夜里报警的烽火。出自李白《塞下曲》:“烽火动沙漠,连照甘泉云。”

③上都:指北宋都城汴京。一说指建康或临安。

④穷海:僻远的海上。飞龙:旧时以龙比天子,此处指宋高宗。

⑤霜发三千丈:化用李白《秋浦歌》:“白发三千丈,缘愁似个长。”此处借指忧国之情。

⑥烟花一万重:化用杜甫《伤春》:“关塞三千里,烟花一万重。”意为离故乡太远,看不到故乡的春景。

⑦向延阁:潭州知州向子諲。疲兵:经过苦战而疲惫不堪的军队。《宋史·向子諲传》载:建炎四年(1130)二月,金兵进犯湖南,向子諲组织军民抵抗,击退敌军。

【赏析】

该诗名为伤春,实则忧伤国事,是作者爱国之情和忧国之心的抒发。“庙堂”二句感慨朝廷无策,导致国事危急。“初怪”二句则直写高宗君臣等人逃亡的狼狈之状,暗含失望讥讽之感。“孤臣”二句化用李白、杜甫名句,直接抒发作者的忧虑。“稍喜”二句赞颂了敢于坚持抵抗的向子諲,忧中见喜。全篇风格雄浑沉郁,忧愤深沉,突破了江西诗风,直逼杜甫,可谓“诗宗已上少陵坛”(杨万里《跋陈简斋奏章》)。

病起书怀

［宋］陆　游

病骨支离纱帽宽①，孤臣万里客江干。位卑未敢忘忧国，事定犹须待阖棺②。天地神灵扶庙社③，京华父老望和銮④。出师一表通今古，夜半挑灯更细看。

【作者简介】

陆游（1125—1210），字务观，自号放翁，越州山阴（今浙江绍兴）人。陆游少时深受父祖辈爱国思想影响，立下了“上马击狂胡，下马草军书”（《观大散关图有感》）的壮志。青年时应礼部试，不幸为秦桧所黜，后赐进士出身。中年入蜀，在范成大的幕府下任职时，人多讥其“颓放”，遂自号“放翁”。陆游两度因力主抗金被罢职，晚年退居家乡。创作诗歌上万首，著有《剑南诗稿》《渭南文集》《南唐书》《老学庵笔记》等作。

【解题】

本诗作于宋孝宗淳熙三年（1176），五十二岁的陆游被免官，移居成都西南浣花村，距诸葛亮武侯祠不远。生病初愈的陆游夜读《出师表》，颇为感慨，写下此诗。

【注释】

①病骨：指多病瘦损的身躯。

②阖棺：指盖棺定论。

③庙社:宗庙和社稷,以喻国家。

④和銮:同“和鸾”,古代车上的铃铛。挂在车前横木上称“和”,挂在轭首或车架上称“銮”。诗中代指南宋君主御驾亲征,回归故都开封。

【赏析】

陆游是南宋著名爱国诗人,他无时无刻不为国土的分裂忧心忡忡,爱国热情融入他的整个生命中,祖国统一是他至死不渝的理想。本诗写出了他的现实处境和报国之志,大病初愈的诗人身体受损,更兼客居成都,远离政治中心,然而他丝毫不在意自己的身体、前途,唯独时刻不忘恢复故土。

“位卑未敢忘忧国,事定犹须待阖棺”是全篇的主旨,使我们看到了诗人高尚的人格和一颗忠心爱国的赤子之心。陆游一生屡遭贬抑,沉沦下僚,然而却深刻了解个体与国家的紧密关系,并没有局限于个人身家利益和一时的得失,而是时时以国家大事为己任。“位卑未敢忘忧国”一句不仅使全诗生辉,也是陆游人格的闪光点,并在不同时期激励了中华儿女。

菩萨蛮·书江西造口壁

［宋］辛弃疾

郁孤台下清江水①，中间多少行人泪？西北望长安②，可怜无数山。　青山遮不住，毕竟东流去。江晚正愁余③，山深闻鹧鸪④。

【作者简介】

辛弃疾（1140—1207），初字坦夫，后改字幼安，别号稼轩，历城（今山东济南）人。绍兴三十一年（1161），辛弃疾参加抗金义军。绍兴三十二年（1162），奉表归南宋，受高宗接见。辛弃疾历高、孝、光、宁四朝，历任湖北、江西、湖南、福建、浙东安抚使等职。一生力主抗金，曾上《美芹十论》与《九议》，陈战守之策。晚年屡遭弹劾落职，退归江西铅山。辛弃疾词作题材广泛，多抒写力图恢复国家统一的爱国热情，倾诉自身壮志难酬的悲愤，风格沉雄豪迈，有《稼轩长短句》。

【解题】

造口，一名皂口，在江西万安南六十里。据罗大经《鹤林玉露》卷一“辛幼安词”载：“盖南渡之初，虏人追隆裕太后御舟至造口，不及而还。”宋孝宗淳熙二、三年（1175、1176）间，时任江西提点刑狱的辛弃疾来到造口，俯瞰昼夜奔腾的滔滔江水，有感于建炎初隆裕太后之事，有感于当时的苦难，写下此词。

【注释】

①郁孤台：在今江西省赣州市城区西北部贺兰山顶，又称望阙台。清江：赣江与袁江合流处，旧称清江。

②长安：今陕西省西安市。此处代指北宋都城汴京。

③愁余：使我发愁。

④闻鹧鸪：传说鹧鸪的啼声凄苦，声如“行不得也哥哥”，此处暗喻朝廷妥协，恢复无望。

【赏析】

辛弃疾身临当年隆裕太后被追之地，痛感建炎初年国家的存亡危急，愤怒于金兵的猖狂，伤心于百姓的无辜，失望于朝廷的不思进取，众多情绪化为此悲凉之作。眼前之景、心中之事、家国之悲等交融在一起，通过行人泪、长安、青山、鹧鸪等景象淡淡道出，表达了作者蕴藉深沉的爱国情思。

频酌淮河水

［宋］戴复古

有客游濠梁，频酌淮河水①。东南水多咸，不如此水美。春风吹绿波，郁郁中原气②。莫向北岸汲，中有英雄泪③。

【作者简介】

戴复古(1167—约 1248),字式之,自号石屏,天台(今属浙江台州)人。一生不仕,常年浪迹江湖。以吟诗为业,曾从陆游学诗,是南宋中后期江湖诗人中创作成就较为突出的诗人。晚年归家隐居,卒年八十余。《宋史翼》有传,有《石屏诗集》《石屏词》等。

【解题】

南宋时期,淮河是宋金对峙的界河,诗人游荡至此,感念淮河以北的百姓和土地,写下此诗。

【注释】

①濠(háo)梁:指濠州,即今安徽凤阳县。淮河:位于中国东部,介于长江与黄河之间,是南宋时期宋金对峙的界河。

②郁郁:浓厚,旺盛。

③英雄:指当时对抗金国统治的百姓。

【赏析】

正所谓“船离洪泽岸头沙,人到淮河意不佳”(杨万里《初入淮河四绝句》),淮河总能激起南宋文人的爱国之情和忧国之思。此诗中的“客”也可能是戴复古自己,他来到皖豫交界一带的濠梁,就像离故乡愈来愈近的游子,畅饮淮河水,呼吸着来自中原故都的气息,感受着中原父老的愤郁之情。戴复古以淮河水之甘美与东南水之咸涩作对比,暗含他对苟安东南的南宋统治者的不满,同时也寄托了自己对国土分裂的无限惆怅和感慨。

醉　歌(其五)

[宋]汪元量

乱点连声杀六更[1],荧荧庭燎待天明。侍臣已写归降表,臣妾佥名谢道清[2]。

【作者简介】

汪元量(1241—约 1317 后),字大有,号水云,钱塘(今浙江杭州)人。汪元量出自一个有良好诗歌艺术教养的家庭,二十岁左右被选入宫廷任事,他精于弹琴,善写诗词,成为供奉内廷的琴师,供奉谢太后、王昭仪等人。德祐二年(1276)临安城陷,汪元量随三宫入燕。元世祖至元二十五年(1288)出家为道士,获南归,次年抵钱塘。后往来于江西、湖北、四川等地,终老湖山。诗多记国亡前后事,时人称为"诗史",有《水云集》《湖山类稿》。

【解题】

汪元量有《醉歌》十首,此是其五。德祐二年(1276)正月二十日,南宋正式签署降书,请求投降,此诗记叙了南宋投降之夜的细节。

【注释】

①六更:宋宫中更漏较民间短,宫中五更,民间才四更。宫中五更过后,梆鼓交作,始开宫门,俗称为六更。出自宋·周遵

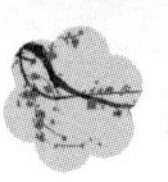

道《豹隐纪谈》卷一:“杨诚斋诗云:‘天上归来有六更。’盖内楼五更绝,柝鼓变作,谓之‘虾蟆更’,禁门方开,百官随入,所谓六更者也。外方则谓之攒点云。”

②佥名:签名。谢道清:天台人,宋理宗赵昀的皇后,右丞相谢深甫的孙女。

【赏析】

投降之夜,宫廷乱成一团,元将伯颜在等待宋廷的最后投降,侍臣连夜写好降表,谢太后签好名字。汪元量作为宫廷侍从,目睹国家变故和太后的一筹莫展,他伤心、愤慨、屈辱,却又无能为力,只能用诗将之记录下来,让后人看到了宋朝亡国之时的场景。此诗中让人争议的是汪元量直呼太后的名字,清代四库馆臣评《湖山类稿》云:“惟集中《醉歌》一篇,记宋亡之事曰:‘……臣妾佥名谢道清。’以本朝太后,直斥其名,殊为非体。”在等级森严、讲究避讳的封建社会,直呼太后的名字对于身为臣子的汪元量来说的确为大忌,但在此非常时刻,“谢道清”三字背后却是汪元量的拳拳爱国之心。

金陵驿（其一）

［宋］文天祥

草合离宫转夕晖①，孤云飘泊复何依？山河风景元无异，城郭人民半已非。满地芦花和我老，旧家燕子傍谁飞②？从今别却江南路，化作啼鹃带血归③。

【作者简介】

文天祥（1236—1283），初名云孙，字履善，又字宋瑞，自号文山、浮休道人，吉州庐陵（今江西吉安县）人。理宗宝祐四年（1256）状元及第，官至右丞相兼枢密使。临安城破后，文天祥等五人被派前往元军军营谈判，被扣留。后脱险，由南通南归，坚持抵抗。祥兴元年（1278）兵败再次被俘，送大都，羁押四年，终不屈。有《文山先生全集》。

【解题】

金陵：今南京。驿：古代官办的交通站，供传递公文的人和来往官吏休憩。《金陵驿》二首作于元至元十六年（1279），是文天祥于祥兴元年（1278）被俘后，次年押赴元大都（今北京），途经金陵时所作，该诗是第一首。

【注释】

①草合：草已长满。离宫：行宫。金陵是南宋陪都，所以有离宫。

②旧家燕子：化用刘禹锡“旧时王谢堂前燕，飞入寻常百姓家”(《乌衣巷》)诗句。

③啼鹃带血：指作者抱着必死的决心，只有魂魄归来，该句化用蜀国古国王望帝杜宇死后化为杜鹃啼血的典故。

【赏析】

临安城被攻破后，文天祥一直在与元军周旋，苦苦支撑，然终究无法力挽狂澜。此时南宋政权已经完全覆亡，诗人在北押途中经过金陵，当年金碧辉煌的皇帝行宫已被荒草重重遮掩，物是人非，触景生情，种种情绪涌上心头。诗人心中的国已破，家已亡，自己身陷囹圄，唯有以死报国，而一缕忠魂将化为啼血不止的杜鹃，飞回南方。这种以死报国的决心与《过零丁洋》中“人生自古谁无死，留取丹心照汗青”二句毫无二致。

备选篇目

老将行

[唐]王　维

少年十五二十时，步行夺得胡马骑。射杀山中白额虎，肯数邺下黄须儿！一身转战三千里，一剑曾当百万师。汉兵奋迅如霹雳，虏骑崩腾畏蒺藜。卫青不败由天幸，李广无功缘数奇。自从弃置便衰朽，世事蹉跎成白首。昔时飞箭无全目，今日垂杨生左肘。路旁时卖故侯瓜，门前学种先生柳。苍茫古木连穷巷，寥落寒山对虚牖。誓令疏勒出飞泉，不似颍川空使酒。贺兰山下阵如云，羽檄交驰日夕闻。节使三河募年少，诏书五道出将军。试拂铁衣如雪色，聊持宝剑动星文。愿得燕弓射大将，耻令越甲鸣吾君。莫嫌旧日云中守，犹堪一战取功勋。

岁　暮

［唐］杜　甫

岁暮远为客，边隅还用兵。烟尘犯雪岭，鼓角动江城。天地日流血，朝廷谁请缨？济时敢爱死，寂寞壮心惊。

茅屋为秋风所破歌

［唐］杜　甫

八月秋高风怒号，卷我屋上三重茅。茅飞渡江洒江郊，高者挂罥长林梢，下者飘转沉塘坳。南村群童欺我老无力，忍能对面为盗贼。公然抱茅入竹去，唇焦口燥呼不得，归来倚杖自叹息。俄顷风定云墨色，秋天漠漠向昏黑。布衾多年冷似铁，娇儿恶卧踏里裂。床头屋漏无干处，雨脚如麻未断绝。自经丧乱少睡眠，长夜沾湿何由彻！安得广厦千万间，大庇天下寒士俱欢颜！风雨不动安如山。呜呼！何时眼前突兀见此屋，吾庐独破受冻死亦足！

早　发

［唐］宗　泽

伞幄垂垂马踏沙，水长山远路多花。眼中形势胸中策，缓步徐行静不哗。

满江红·登黄鹤楼有感

［宋］岳　飞

遥望中原，荒烟外、许多城郭。想当年、花遮柳护，凤楼龙阁。万岁山前珠翠绕，蓬壶殿里笙歌作。到而今、铁骑满郊畿，风尘恶。　　兵安在？膏锋锷。民安在？填沟壑。叹江山如故，千村寥落。何日请缨提锐旅，一鞭直渡清河洛。却归来、再续汉阳游，骑黄鹤。

初入淮河四绝句（其一）

［宋］杨万里

船离洪泽岸头沙，人到淮河意不佳。何必桑乾方是远，中流以北即天涯！

书　愤

［宋］陆　游

早岁那知世事艰，中原北望气如山。楼船夜雪瓜洲渡，铁马秋风大散关。塞上长城空自许，镜中衰鬓已先斑。出师一表真名世，千载谁堪伯仲间。

破阵子·为陈同甫赋壮词以寄之

［宋］辛弃疾

醉里挑灯看剑，梦回吹角连营。八百里分麾下炙，五十弦翻塞外声。沙场秋点兵。　　马作的卢飞快，弓如霹雳弦惊。了却君王天下事，赢得生前身后名。可怜白发生！

念奴娇·登多景楼

［宋］陈　亮

危楼还望，叹此意、今古几人曾会？鬼设神施，浑认作、天限南疆北界。一水横陈，连岗三面，做出争雄势。六朝何事，只成门户私计？　　因笑王谢诸人，登高怀远，也学英雄涕。凭却长江，管不到，河洛腥膻无际。正好长驱，不须反顾，寻取中流誓。小儿破贼，势成宁问疆场。

过零丁洋

［宋］文天祥

辛苦遭逢起一经，干戈寥落四周星。山河破碎风飘絮，身世浮沉雨打萍。惶恐滩头说惶恐，零丁洋里叹零丁。人生自古谁无死，留取丹心照汗青。

正气歌（并序）

［宋］文天祥

余囚北庭，坐一土室。室广八尺，深可四寻。单扉低小，白间短窄，污下而幽暗。当此夏日，诸气萃然：雨潦四集，浮动床几，时则为水气；涂泥半朝，蒸沤历澜，时则为土气；乍晴暴热，风道四塞，时则为日气；檐阴薪爨，助长炎虐，时则为火气；仓腐寄顿，陈陈逼人，时则为米气；骈肩杂遝，腥臊汗垢，时则为人气；或圊溷、或毁尸、或腐鼠，恶气杂出，时则为秽气。叠是数气，当之者鲜不为厉。而予以孱弱，俯仰其间，於兹二年矣，幸而无恙，是殆有养致然尔。然亦安知所养何哉？孟子曰："吾善养吾浩然之气。"彼气有七，吾气有一，以一敌七，吾何患焉！况浩然者，乃天地之正气也，作《正气歌》一首。

天地有正气，杂然赋流形。下则为河岳，上则为日星。于人曰浩然，沛乎塞苍冥。皇路当清夷，含和吐明庭。时穷节乃见，一一垂丹青。在齐太史简，在晋董狐笔。在秦张良椎，在汉苏武节。为严将军头，为嵇侍中血。为张睢阳齿，为颜常山舌。或为辽东帽，清操厉冰雪。或为出师表，鬼神泣壮烈。或为渡江楫，慷慨吞胡羯。或为击贼笏，逆竖头破裂。是气所磅礴，凛烈万古存。当其贯日月，生死安足论。地维赖以立，天柱赖以尊。三纲实系命，道义为之根。嗟予遘阳九，隶也实不力。楚囚缨其冠，传车送穷北。鼎镬甘如饴，求之不可得。阴房阒鬼火，春院閟天黑。牛骥同一皂，鸡栖凤凰食。一朝蒙雾露，分作沟中瘠。如此再寒暑，百沴自辟易。嗟哉沮洳场，为我安乐国。岂有他缪巧，阴阳不能贼。顾此耿耿在，仰视浮云白。悠悠我心悲，苍天曷有极。哲人日已远，典型在夙昔。风檐展书读，古道照颜色。

北行别人

[宋]谢枋得

雪中松柏愈青青，扶植纲常在此行。天下久无龚胜洁，人间何独伯夷清。义高便觉生堪舍，礼重方知死甚轻。南八男儿终不屈，皇天上帝眼分明。

讽喻篇

诗歌的政治社会功能是中国古代诗学的重要论题,《论语·阳货》中孔子说:“小子!何莫学夫诗?诗可以兴,可以观,可以群,可以怨。”孔子的“兴观群怨”说涵盖了诗歌功能的各方面,不论哪一方面,讽喻都是重要组成部分。不管是《诗经》中的“饥者歌其食,劳者歌其事”(《春秋公羊传解诂》),还是汉乐府的“感于哀乐,缘事而发”(《汉书·艺文志》),都表明了诗歌与政治、民生的密切关系,以及对于泄导人情、规政教得失的重要作用。

唐代诗人多关心社会,如盛唐诗人杜甫《丽人行》《兵车行》等诗作既出自其忧国忧民心态,也是对诗歌讽喻传统的自觉传承。中唐白居易首先提出讽喻诗的概念,其《与元九书》中说:“凡所适、所感,关于美刺比兴者，又自武德讫元和，因事立题，题为新乐府者，共一百五十首，谓之讽喻诗。”白居易作诗“惟歌生民病，愿得天子知”（《寄唐生》），这种关注现实政治，以文学干预社会的创作态度影响深远。晚唐李商隐、杜牧、聂夷中等诗人，以及宋代的王禹偁、苏轼、梅尧臣等人多有类似创作。这些诗人始终以警醒的头脑来思考国家政治运作，将关注的目光投向最底层的民众。

由于诗、词两种体裁在社会文化功能上的区别，本篇入选篇目以诗作为主，读此类诗歌，可以感受到唐宋文人的政治关怀和人文关怀，感受到他们的正直和良知。

丽人行

［唐］杜　甫

三月三日天气新[1]，长安水边多丽人。态浓意远淑且真[2]，肌理细腻骨肉匀。绣罗衣裳照暮春，蹙金孔雀银麒麟。[3]头上何所有？翠微㔩叶垂鬓唇[4]。背后何所见？珠压腰衱稳称身。就中云幕椒房亲[5]，赐名大国虢与秦[6]。紫驼之峰出翠釜[7]，水精之盘行素鳞[8]。犀箸厌饫久未下[9]，鸾刀缕切空纷纶[10]。黄门飞鞚不动尘[11]，御厨络绎送八珍。箫鼓哀吟感鬼神，宾从杂遝实要津[12]。后来鞍马何逡巡[13]，当轩下马入锦茵。杨花雪落覆白苹[14]，青鸟飞去衔红巾[15]。炙手可热势绝伦，慎莫近前丞相嗔[16]！

【作者简介】

见《春望》。

【解题】

《丽人行》是杜甫自创的乐府新题。外戚擅权是唐代政治中的一种现象，他们形成一个特殊的利益集团，引起了广大人民的强烈不满，这也是安史之乱发生的重要原因。杜甫此诗反映了安史之乱前的这一社会现实。

【注释】

①三月三日：即上巳日，唐代长安仕女多于此日到城南曲江游玩。

②态浓：姿态浓艳。意远：神气高远。淑且真：淑美却不做作。

③“绣罗”两句：用金银线镶绣着孔雀和麒麟的华丽衣裳与暮春的美丽景色相映生辉。

④匐叶：一种首饰。

⑤就中：其中。云幕：云状帷幕。椒房：汉代皇后居室，以椒和泥涂壁，后世因称皇后为椒房。

⑥“赐名”句：指天宝七年(748)唐玄宗赐封杨贵妃的大姐为韩国夫人，三姐为虢国夫人，八姐为秦国夫人。

⑦紫驼之峰：即驼峰，唐贵族食品中有“驼峰炙”。釜：古代的一种锅。翠釜：形容锅的色泽。

⑧水精：水晶。行：传送。素鳞：指白鳞鱼。

⑨犀箸：犀牛角做的筷子。厌饫：吃腻。

⑩鸾刀：带鸾铃的刀。缕切：细切。空纷纶：厨师们白白忙乱。

⑪黄门：宦官。飞鞚：飞马。

⑫宾从：宾客随从。杂遝：众多杂乱。要津：本指重要渡口，此处暗喻杨国忠兄妹的家门。

⑬后来鞍马：杨国忠。逡巡：本意为欲进不进，这里是顾盼自得的意思。

⑭“杨花”句：是隐语，以曲江暮春的自然景色来影射杨国忠与其从妹虢国夫人的暧昧关系。又引北魏胡太后和杨白花私通事，因太后曾作“杨花飘荡落南家”“愿衔杨花入窠里”等句。据《新唐书》载：“虢国素与国忠乱，颇为人知，不耻也。每入谒，并驱道中，从监、侍姆百余骑，炬密如昼，靓妆盈里，不施帏障，时人谓为‘雄狐’。”

⑮青鸟：“青鸟”一词最早见于《山海经》，是神话中的一种鸟，传说是西王母的使者。据说，西王母在见到汉武帝之前，先有青鸟飞集于殿前。后来，“青鸟”被视为男女之间的信使。

⑯丞相：指杨国忠，天宝十一年(752)为右丞相。嗔：发怒。

【赏析】

此诗描写了杨氏兄妹曲江春游的情景。诗分三段，先泛写游春仕女的体态之美和服饰之盛，引出主角杨氏姐妹的娇艳姿色。次写宴饮的豪华及所得的宠幸。最后写杨国忠的骄横。整首诗场面宏大，笔调细腻，不空发议论，作者恰似一个冷静的旁观者，娓娓道来，忠实描绘事实，而其中的讥讽之意却跃然可见，恰如蒲起龙《读杜心解》所论：“无一刺讥语，描摹处语语刺讥。无一慨叹声，点逗处声声慨叹。”此诗是一首绝妙的讽喻诗。

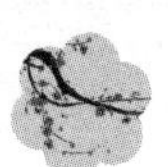

轻　肥

［唐］白居易

意气骄满路[1]，鞍马光照尘[2]。借问何为者，人称是内臣[3]。朱绂皆大夫，紫绶悉将军。[4]夸赴军中宴，走马去如云。樽罍溢九酝[5]，水陆罗八珍[6]。果擘洞庭橘，脍切天池鳞[7]。食饱心自若，酒酣气益振。是岁江南旱，衢州人食人！

【作者简介】

白居易(772—846)，字乐天，晚号香山居士，又号醉吟先生，祖籍太原，到其曾祖父时迁居下邽(今属陕西渭南市)，生于河南新郑。历任集贤校理、左拾遗、太子左赞善大夫、杭州刺史、苏州刺史等职。武宗会昌六年(846)于河南洛阳去世，谥号“文”，葬于洛阳香山。白居易与元稹等共同倡导新乐府运动，世称“元白”，与刘禹锡并称“刘白”。白居易论诗主张“文章合为时而著，歌诗合为事而作”(《与元九书》)，他将自己的诗歌分为讽喻、闲适、感伤、杂律四类，其诗歌题材广泛，形式多样，语言平易通俗。有《白氏长庆集》。

【解题】

轻肥：语出《论语·雍也》：“乘肥马，衣轻裘。”代指达官贵人的奢华生活。

【注释】

①意气骄满路：指达官贵人行走时神气骄傲，好像要把道路都“充满”。意气：指意态神气。

②鞍马：指马匹和马鞍上华贵的饰物。

③内臣：原指皇上身边的近臣，这里指臣官。

④朱绂、紫绶：丝织绳带，只有高官才能用。

⑤樽罍：盛酒的器皿。九酝：美酒名。

⑥水陆罗八珍：水产陆产的各种美食。

⑦脍切：将鱼肉切做菜。

【赏析】

宦官与外戚是唐代政治腐败的两大根源，白居易此诗讽刺了当时宦官专权的政治现象。全诗十六句，前十四句都在描绘内臣的骄奢、专横。宦官本应仅是皇帝的家奴，然而他们的意气之骄溢于言表，鞍马之光可以照尘。他们的生活奢靡无比，宴席上尽是山珍海味，以及普通人一生难以得尝的珍果。酒足饭饱后，他们不可一世之气愈发猖狂。结尾两句“是岁江南旱，衢州人食人”，笔锋骤然一转，当这些“内臣”“将军”吃喝玩乐时，江南衢州正变为人间地狱，出现“人食人”的惨象，两相对比，从而把诗的思想意义提到新的高度。此诗纯用白描的手法，语言通俗易懂，在不动声色中给人以强烈的冲击。

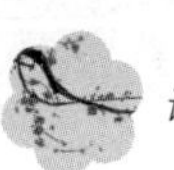

悯　农（其一）

［唐］李　绅

春种一粒粟[①]，秋收万颗子[②]。四海无闲田[③]，农夫犹饿死。

【作者简介】

李绅（712—846），字公垂，亳州（今属安徽）人，生于乌程（今浙江湖州）。元和年间考中进士，补国子助教，后任翰林学士。与元稹、白居易交游甚密。李绅是白居易等人倡导的新乐府的参与者与创作者，作有《乐府新题》二十首，已佚。其《悯农》诗脍炙人口，千古传诵。

【解题】

悯：怜悯，同情。《悯农》诗有二首，此诗是其一，其二云：“锄禾日当午，汗滴禾下土。谁知盘中餐，粒粒皆辛苦。”这两首诗的排序各版本有所不同，诗题又作《古风》二首。

【注释】

①粟：泛指谷类等粮食。

②秋收：又作“秋成”。子：指粮食颗粒。

③四海：全国。闲田：没有耕种的田。

【赏析】

李绅的《悯农》主要表达对农民的同情，此诗讽喻意味尤为突出。本诗开头，通过“一粒粟”到“万颗子”的转化描述了丰收的景象，间接点出农民的辛苦和农业的重要性，以“四海无闲田”写出了农民的勤劳和创造力。然而，结句却笔锋突转，以“饿死”作结，呈现出一幅饿殍遍野的惨象，然则农民辛苦耕种的成果哪儿去了呢？答案不言自明。

马　嵬（其二）

[唐]李商隐

海外徒闻更九州[①]，他生未卜此生休。空闻虎旅传宵柝[②]，无复鸡人报晓筹[③]。此日六军同驻马，当时七夕笑牵牛。[④]如何四纪为天子，不及卢家有莫愁[⑤]。

【作者简介】

李商隐（约 813—约 858），字义山，号玉溪生，又号樊南生，祖籍河内（今河南省焦作市），出生于郑州荥阳。李商隐生在晚唐国势江河日下之时，又深陷于牛李党争之中，一生抑郁不得志。李商隐擅于作诗，其爱情诗和无题诗最为独特，但部分诗歌过于隐晦，令人难以解读作者初心，其诗歌在晚唐和杜牧齐名，合称“小李杜”。李商隐骈文成就也很高，与温庭筠、段成式风格相近，且三人都排行第十六，故时人称三人骈文为“三十六体”。有《李义山诗集》。

【解题】

李商隐《马嵬》诗有两首，此是其二。马嵬：杨贵妃缢死的地方。《通志》："马嵬坡，在西安府兴平县二十五里。"《旧唐书·杨贵妃传》："及潼关失守，从幸至马嵬。禁军大将陈玄礼密启太子诛国忠父子，既而四军不散，玄宗启力士宣问，对曰'贼本尚在'。盖指贵妃也。力士复奏，帝不获已，与妃诀，遂缢死于佛室，时年三十八。"李商隐《马嵬》诗即赋玄宗于马嵬赐死杨贵妃之事。

【注释】

①徒闻：空闻，没有根据的听说。更：再，还有。"海外徒闻更九州"一句化用白居易《长恨歌》"忽闻海外有仙山"句意，指杨贵妃死后居住在海外仙山上，虽然听到了唐王朝恢复的消息，但已人神永隔。

②虎旅：虎贲氏与旅贲氏的合称，两者掌管王之警卫，此处指跟随玄宗入蜀的禁军。宵柝：又名金柝，夜间报更的刁斗。

③传：一作"鸣"。鸡人：皇宫中报时的卫士。汉代制度，宫中不得畜鸡，卫士候于朱雀门外，传鸡唱。筹：计时的用具。

④"此日"二句：叙述马嵬事变。化用白居易《长恨歌》"六军不发无奈何，宛转蛾眉马前死"句意。牵牛：牵牛星，此指牛郎织女的故事。

⑤莫愁：古乐府中的洛阳女子莫愁，嫁与卢家，婚后生活幸福富裕。出自萧衍《河中之水歌》："河中之水向东流，洛阳女儿

名莫愁。莫愁十三能织绮，十四采桑南陌头。十五嫁为卢家妇，十六生儿字阿侯。”

【赏析】

这是一首政治讽刺诗，讽刺的是唐玄宗。安史之乱作为唐朝由盛而衰的重要转折点，其发生的原因一直是中晚唐文人士大夫反思的重点。各种思考不同程度地指向了唐玄宗晚年的沉溺声色、懒理朝政。李、杨之间的故事也是众多咏史诗、讽喻诗创作的重要题材，虽有白居易的《长恨歌》、杜牧的《过华清宫》等珠玉在前，李商隐此诗则别具一格，毫不逊色。全诗夹叙夹议，多用“徒闻”“未卜”“空闻”“如何”等虚词，潜气内转。诗中多用对比，如马嵬坡前赐死和七夕节时海誓山盟的对比、君王不能夫妻相守和民女莫愁婚姻幸福的对比，通过对比形成强烈反差，褒贬自现。

伤田家

[唐]聂夷中

二月卖新丝，五月粜新谷①。医得眼前疮②，剜却心头肉③。我愿君王心，化作光明烛。不照绮罗筵，只照逃亡屋④。

【作者简介】

聂夷中，字坦之，唐末诗人，生卒年、生平均不详。其诗语言

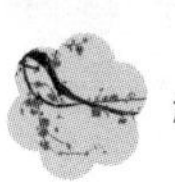

朴实,辞浅意哀。不少诗作深刻揭露了当权者对底层百姓的残酷剥削,对农户的疾苦寄予深切同情。

【解题】

诗题又名《咏田家》。唐朝末年,军阀之间连年混战,农村破产,农民遭受严重剥削,以致颠沛流离,无以生存。聂夷中《伤田家》即写于此种背景下。

【注释】

①粜:出卖谷物。

②眼前疮:指眼前的困难和痛苦。

③剜却:挖掉,用刀挖除。心头肉:身体的关键部位,这里喻指赖以生存的劳动果实。

④逃亡屋:贫苦农民逃亡在外留下的空屋。

【赏析】

本诗反映了唐末民生疾苦,表达了对当权者的谴责,对农民的关怀和同情,全诗语言质朴通俗,主旨明白易晓,然短短四十字中采用了比喻、对比等手法,时见作者的匠心独运之处。开篇的“二月卖新丝,五月粜新谷”二句写出农民在青黄不接之时被迫借贷的悲惨境地。二月还未着手养蚕,五月稻子尚处青苗期,然而农民迫于生计,为解燃眉之急,不得不以未来的新丝、新谷做抵押,借了高利贷。此种寅吃卯粮的做法如同剜肉补疮,“医得眼前疮,剜却心头肉”也成为千古名句。诗歌后四句,诗人将希望寄托在“君王”身上。然而，“君王”之“烛”只照权贵豪绅，客观反映了当时的贫富分化。

荔枝叹

[宋]苏　轼

十里一置飞尘灰[①]，五里一堠兵火催[②]。颠坑仆谷相枕藉[③]，知是荔枝龙眼来。飞车跨山鹘横海，风枝露叶如新采。宫中美人一破颜[④]，惊尘溅血流千载。永元荔枝来交州[⑤]，天宝岁贡取之涪[⑥]。至今欲食林甫肉，无人举觞酹伯游[⑦]。我愿天公怜赤子，莫生尤物为疮痏。雨顺风调百谷登，民不饥寒为上瑞。君不见，武夷溪边粟粒芽，前丁后蔡相宠加[⑧]。争新买宠各出意，今年斗品充官茶。吾君所乏岂此物，致养口体何陋耶？洛阳相君忠孝家[⑨]，可怜亦进姚黄花[⑩]。

【作者简介】

苏轼(1037—1101)，字子瞻，号东坡居士、铁冠道人，世称苏东坡，眉州眉山(四川省眉山市)人。嘉祐年间进士，历官杭州通判，知密州、徐州、湖州等职。元丰二年(1079)因“乌台诗案”下狱，后被贬黄州(今湖北黄冈)。元祐初，起知登州。绍圣元年(1094)，累贬惠州、儋州。建中靖国元年(1101)卒于常州。苏轼为人博雅通透，在诗、词、散文、书、画等方面都取得很高成就，是一个难得的文艺全才。其散文纵横恣肆，是“唐宋八大家”之一；其诗清新豪健，独具风格，与黄庭坚并称“苏黄”。他大力书写豪放词，与辛弃疾并称“苏辛”，在宋词发展史上有重要意义。苏轼善书，是“宋四家”之一；擅长文人画，尤擅墨竹、怪石、枯木等。有《东坡全集》。

【解题】

该诗作于绍圣二年(1095)，当时苏轼远谪广东惠州，荔枝是岭南名果，苏轼在惠州写了多首有关荔枝的诗，如《四月十一日初食荔枝》《食荔枝》等，往往结合时事、身世发出感慨，这首《荔枝叹》即是其中之一。

【注释】

①置：驿站。

②堠：古代瞭望敌情的土堡。

③枕藉：纵横交错地躺在一起，极言其多。

④破颜：露出笑脸。“宫中美人一破颜”句化用杜牧“一骑红尘妃子笑”(《过华清宫绝句》)句。

⑤永元：东汉和帝年号，《后汉书·和帝纪》载：“旧南海献龙眼、荔枝，十里一置，五里一堠，奔腾阻险，死者继路。时临武长汝南唐羌，县接南海，乃上书陈状，帝下诏曰：‘远国珍馐，本以荐奉宗庙。苟有伤害，岂爱民之本。其敕太官，勿复受献。’由是遂

省焉。”交州：东汉时期，交州包括今越南北部和中部，中国广西和广东，治所在番禺（今广州）。

⑥天宝岁贡取之涪：指唐代天宝年间岁贡涪陵荔枝之事。涪：水名，在中国四川省中部，注入嘉陵江。

⑦伯游：唐羌，见注释⑤。

⑧前丁后蔡：指宋朝丁谓任福建漕使，随后蔡襄继任此职，督造贡茶。为了博得皇帝欢心，争相斗品武夷茶，选出最上等的茶叶，作为贡茶献给皇帝。大小龙茶始于丁谓，而成于蔡襄。

⑨洛阳相君：指钱惟演，他曾任西京留守。其父吴越王钱俶归降宋朝，宋太宗称之为“以忠孝而保社稷”，所以苏轼说钱惟演是“忠孝家”。

⑩姚黄花：是牡丹的名贵品种。洛阳进贡牡丹自钱惟演始。

【赏析】

该诗可分三段，每段八句。第一段写古时进贡荔枝的事。古代荔枝为贡品，与之相关著名的事发生在汉和帝永元年间及唐玄宗天宝年间。汉和帝、唐玄宗时期都要求进贡的荔枝新鲜美味，古代交通不发达，送荔枝的人、马累死在路上的不计其数。第二段诗人转而议论，感叹朝廷中少有像唐羌那样敢于直谏的忠臣，甚至宁愿上天不要生出此种佳果，它们带给百姓的并非幸运和安宁。第三段作者由古及今，从汉唐的荔枝，想到当时的武夷茶、牡丹花，这些事物何尝不是统治阶级奢靡享受的见证呢？

在此诗中，苏轼希望像唐羌一样，以自己的诗歌警醒当权者。全诗围绕荔枝，夹叙夹议，带有诗史的性质，展现了作者的忧国之心。

汝坟贫女

［宋］梅尧臣

时再点弓手[①]，老幼俱集。大雨甚寒，道死者百余人。自壤河至昆阳老牛陂，僵尸相继。

汝坟贫家女[②]，行哭音凄怆[③]。自言有老父，孤独无丁壮。郡吏来何暴，县官不敢抗。督遣勿稽留[④]，龙钟去携杖[⑤]。勤勤嘱四邻，幸愿相依傍。适闻闾里归[⑥]，问讯疑犹强。果然寒雨中，僵死壤河上。弱质无以托，横尸无以葬。生女不如男，虽存何所当！拊膺呼苍天[⑦]，生死将奈向[⑧]？

【作者简介】

梅尧臣（1002—1060），字圣俞，宣州宣城（今属安徽）人。宣城古称宛陵，世称“宛陵先生”。初试不第，皇祐三年（1051）始得宋仁宗召试，赐同进士出身。后以欧阳修荐，为国子监直讲，累迁尚书都官员外郎，故世称“梅直讲”“梅都官”。梅尧臣诗歌强调《诗经》《离骚》的传统,主张反映社会现实,诗风平淡,与欧阳修、苏舜卿合称为“梅欧”“苏梅”。有《宛陵先生集》。

【解题】

汝坟:河南省汝河岸边。《诗经·周南》有《汝坟》诗,以妇女的口吻诉说“王室如毁”,此诗也写妇女的哭诉。宋仁宗康定元年(1040),梅尧臣任襄城县令,在汝河流域,当时西夏犯边,朝廷下令征兵,又值夏雨成灾,河水暴涨,士兵死伤无数。诗人不胜感慨,写下此诗。

【注释】

①弓手:宋代吏役的一种。再点弓手:第二次征集弓箭手。

②汝坟:指汝水堤岸边上。

③行哭:哭。行:从事,做。

④稽留:停留。

⑤龙钟:老年人行动迟缓、衰惫的样子。

⑥闾里:乡里。闾里归:指同乡应征回来的人。

⑦拊膺:捶胸。膺:胸。

⑧奈向:如何,奈何。

【赏析】

这是一首长篇叙事诗,全诗通过一个贫女的哭诉,叙述了北宋仁宗时期由于强行征集乡兵,致使贫民家破人亡的事情。诗歌以“汝坟贫家女,行哭声凄怆”起笔,诗人顺着她的哭声,引出

下文辛酸的控诉：家中孤苦无依，老父却被强征，无奈只能拄着拐杖上路，虽然贫女多方恳请乡亲照顾老父，老父仍免不了“僵死壤河上”的悲惨结局。全诗从构思到结构都可看出诗人受到杜甫《三吏》《三别》等的影响，诗歌语言质朴，真挚感人，具有强烈的控诉意义。

题临安邸

［宋］林　升

山外青山楼外楼，西湖歌舞几时休①。暖风熏得游人醉，直把杭州作汴州②。

【作者简介】

林升，字云友，又字梦屏，温州横阳亲仁乡（今属苍南县）人，大约生活在南宋孝宗年间。

【解题】

临安：今浙江杭州市，金人攻陷北宋首都汴京后，南宋统治者建都于杭州，改名临安，取临时安定之意。邸：旅店。本诗是作者写在临安的一家旅舍墙壁上的，疑原无题，此题似为后人所加。

【注释】

①几时休：什么时候停止。

②直：简直。汴州：汴京，今河南开封市。

【赏析】

本诗是南宋著名的讽喻诗。南宋建都临安后，自上而下却不思进取，反沉醉于杭州的湖山之美，日渐苟且偷安，丧失进取之志。南宋不少有志之士对此深感忧虑。本诗原本题于临安城一家旅店墙壁上，“山外青山楼外楼”一句绘出了临安城的特点：湖光山色与繁华城郭并存。而一句“西湖歌舞几时休”暗示了诗人对现实社会处境的心痛。“暖风熏得游人醉”中的“游人”特指那些忘了国难、苟且偷安、寻欢作乐的当权者。在这欢愉环境中，“游人”们完全忘记了当下苟且的处境，忘记曾经的故土，而沉溺于眼前的欢愉！

催租行

[宋]范成大

输租得钞官更催①，踉跄里正敲门来②。手持文书杂嗔喜③，“我亦来营醉归耳④！”床头悭囊大如拳⑤，扑破正有三百钱。“不堪与君成一醉，聊复偿君草鞋费⑥。”

【作者简介】

范成大(1126—1193)，字致能，号石湖居士，平江吴县(今江苏苏州)人。绍兴年间进士，历任四川制置使、参知政事等职，晚年隐居故乡石湖，谥“文穆”。范成大工诗擅文，诗歌从江西派入手，后

学习中、晚唐诗，风格平易浅显。其诗歌题材广泛，以反映农村社会生活内容的《四时田园杂兴》等作品成就最高。与杨万里、陆游、尤袤合称南宋“中兴四大诗人”。有《石湖居士诗集》《石湖词》等。

【解题】

该诗作于宋高宗绍兴年间，有感于地方官吏向农民催索租金而发。诗题下原有自注“效王建”。

【注释】

①输租：缴了租。钞：户钞，官府发给缴租户的收据。

②里正：指里长，古代乡里小吏，专管催缴赋税。

③文书：催租的文件，一说指上文的户钞。杂嗔喜：又生气又高兴。

④营醉归：思图一醉而归。营：图求。

⑤悭囊：此处指储蓄零钱的瓦罐，即“扑满”，取钱时须把罐打破。

⑥草鞋费：行脚僧人有所谓“草鞋钱”，此指“跑腿费”，是公差、地保等勒索小费的代名词。

【赏析】

范成大的农村诗既写出了乡村生活的美好，也写出了乡村生活的残酷。该诗描绘了里正催租且借机索贿的场景。诗的前四句写催租小吏大摇大摆进门催租，又怒又笑，催租之外，索要酒钱。后四句描绘农民拿出仅有的三百钱，却不够差吏喝酒，权当其跑腿费的辛酸。这首诗抓住了现场人物的对话、动作、表情等，生动揭露了催租差吏向农民敲诈勒索的丑恶嘴脸，将作者的爱憎讥讽自然融入其中。

落　梅

[宋]刘克庄

一片能教一断肠，可堪平砌更堆墙①。飘如迁客来过岭，坠似骚人去赴湘。②乱点莓苔多莫数，偶粘衣袖久犹香。东风谬掌花权柄③，却忌孤高不主张④。

【作者简介】

刘克庄(1187—1269)，字潜夫，号后村。福建莆田人。宁宗嘉定二年(1209)补将仕郎，淳祐六年(1246)特赐同进士出身，后兼国史院编修官。刘克庄诗、词、文兼工。诗学晚唐，是南宋后期的重要诗人。其词作多抒发爱国之情，风格豪放，近辛弃疾。晚年致力于辞赋创作，提出了许多革新理论。此外，他在诗论上也有一定建树，有诗歌理论著作《后村诗话》。有《后村先生大全集》。

【解题】

落梅：指掉落的梅花。宁宗嘉定十七年(1224)，刘克庄为建阳(今属福建)令。诗人为抒发自己遭贬斥的牢骚，并对当政者

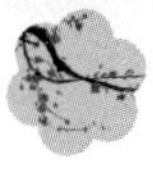

有所讥刺，遂作此诗。

【注释】

①砌：台阶。

②“飘如”二句通过落梅的随意飘落之态，暗喻不得志者的坎坷一生。过岭：越过五岭到达今广东一带，指韩愈被贬谪潮州的故事。骚人：泛指忧愁失意的文人。赴湘：“湘”指湘江流域，今湖南一带，暗用屈原失宠被逐，投汨罗江而死的故事。

③谬：不合情理。

④孤高：孤傲高洁。忌：妒忌。

【赏析】

这是一首写落梅的诗歌，通篇不着一个“梅”字，却刻画了落梅的飘飘落落之态，引人凄凉伤感之思，并通过“迁客”“骚人”等语概括了众多不得志之人的颠沛流离、坎坷人生，且以“东风”一语暗讽把持权力的当权者。刘克庄作此诗时，恰逢史弥远当权，他废宁宗所立济王，扶持理宗上位，并钳制异论，铲除异己。刘克庄此诗中的“东风谬掌花权柄，却忌孤高不主张”二句被言事官李知孝等人指控为“讪谤当国”，被牵扯进“江湖诗案”中，诗人亦因此获罪罢职，坐废乡野长达十年之久。

备选篇目

自京赴奉先县咏怀五百字

［唐］杜　甫

杜陵有布衣，老大意转拙。许身一何愚，窃比稷与契。居然成濩落，白首甘契阔。盖棺事则已，此志常觊豁。穷年忧黎元，叹息肠内热。取笑同学翁，浩歌弥激烈。非无江海志，潇洒送日月。生逢尧舜君，不忍便永诀。当今廊庙具，构厦岂云缺。葵藿倾太阳，物性固莫夺。顾惟蝼蚁辈，但自求其穴。胡为慕大鲸，辄拟偃溟渤。以兹悟生理，独耻事干谒。兀兀遂至今，忍为尘埃没。终愧巢与由，未能易其节。沉饮聊自遣，放歌破愁绝。岁暮百草零，疾风高冈裂。天衢阴峥嵘，客子中夜发。霜严衣带断，指直不得结。凌晨过骊山，御榻在嵽嵲。蚩尤塞寒空，蹴蹋崖谷滑。瑶池气郁律，羽林相摩戛。君臣留欢娱，乐动殷樛嶱。赐浴皆长缨，与宴非短褐。彤庭所分帛，本自寒女出。鞭挞其夫家，聚敛贡城阙。圣人筐篚恩，实欲邦国活。臣如忽至理，君岂弃此物。多士盈朝廷，仁者宜战栗。况闻内金盘，尽在卫霍室。中堂舞神仙，烟雾散玉质。暖客貂鼠裘，悲管逐清瑟。劝客驼蹄羹，霜橙压香橘。朱门酒肉臭，路有冻死骨。荣枯咫尺异，惆怅难再述。北辕就泾渭，官渡又改辙。群冰从西下，极目高崒兀。疑是崆峒来，恐触天柱折。河梁幸未坼，枝撑声窸窣。行旅相攀援，川广不可越。老妻寄异县，十口隔风雪。谁能久不顾，庶往

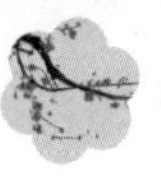

共饥渴。入门闻号咷，幼子饥已卒。吾宁舍一哀，里巷亦呜咽。所愧为人父，无食致夭折。岂知秋禾登，贫窭有仓卒。生常免租税，名不隶征伐。抚迹犹酸辛，平人固骚屑。默思失业徒，因念远戍卒。忧端齐终南，澒洞不可掇。

春陵行

［唐］元　结

军国多所需，切责在有司。有司临郡县，刑法竞欲施。供给岂不忧，征敛又可悲。州小经乱亡，遗人实困疲。大乡无十家，大族命单羸。朝餐是草根，暮食仍木皮。出言气欲绝，意速行步迟。追呼尚不忍，况乃鞭扑之。郭亭传急符，来往迹相追。更无宽大恩，但有迫促期。欲令鬻儿女，言发恐乱随。悉使索其家，而又无生资。听彼道路言，怨伤谁复知。去冬山贼来，杀夺几无遗。所愿见王官，抚养以惠慈。奈何重驱逐，不使存活为。安人天子命，符节我所持。州县忽乱亡，得罪复是谁。逋缓违诏令，蒙责固其宜。前贤重守分，恶以祸福移。亦云贵守官，不爱能适时。顾惟孱弱者，正直当不亏。何人采国风，吾欲献此辞。

上阳白发人

［唐］白居易

上阳人，上阳人，红颜暗老白发新。绿衣监使守宫门，一闭上阳多少春。玄宗末岁初选入，入时十六今六十。同时采择百余人，零落年深残此身。忆昔吞悲别亲族，扶入车中不教哭。皆云入内便承恩，脸似芙蓉胸似玉。未容君王得见面，已被杨妃遥侧目。妒令潜配上阳宫，一生遂向空房宿。宿空房，秋夜长，夜长无寐天不明。耿耿残灯背壁影，萧萧暗雨打窗声。春日迟，日迟独坐天难暮。宫莺百啭愁厌闻，梁燕双栖老休妒。莺归燕去长悄然，春往秋来不记年。唯向深宫望明月，东西四五百回圆。今日宫中年最老，大家遥赐尚书号。小头鞵履窄衣裳，青黛点眉眉细长。外人不见见应笑，天宝末年时世妆。上阳人，苦最多。少亦苦，老亦苦，少苦老苦两如何！君不见昔时吕向美人赋，又不见今日上阳白发歌！

过华清宫（其一）

［唐］杜　牧

长安回望绣成堆，山顶千门次第开。一骑红尘妃子笑，无人知是荔枝来。

云

［唐］来　鹄

千形万象竟还空，映水藏山片复重。无限旱苗枯欲尽，悠悠闲处作奇峰。

山中寡妇

［唐］杜荀鹤

夫因兵死守蓬茅，麻苎衣衫鬓发焦。桑柘废来犹纳税，田园荒后尚征苗。时挑野菜和根煮，旋斫生柴带叶烧。任是深山更深处，也应无计避征徭。

煮海歌

［宋］柳　永

煮海之民何所营，妇无蚕织夫无耕。衣食之源太寥落，牢盆煮就汝轮征。年年春夏潮盈浦，潮退刮泥成岛屿。风干日曝咸味加，始灌潮波塯成卤。卤浓碱淡未得闲，采樵深入无穷山。豹踪虎迹不敢避，朝阳山去夕阳还。船载肩擎未遑歇，投入巨灶炎炎热。晨烧暮烁堆积高，才得波涛变成雪。自从潴卤至飞霜，无非假贷充餱粮。秤入官中得微直，一缗往往十缗偿。周而复始无休息，官租未了私租逼。驱妻逐子课工程，虽作人形俱菜色。鬻海之民何苦门，安得母富子不贫。本朝一物不失所，愿广皇仁到海滨。甲兵净洗征轮辍，君有余财罢盐铁。太平相业尔惟盐，化作夏商周时节。

河北民

［宋］王安石

河北民，生近二边长苦辛。家家养子学耕织，输与官家事夷狄。今年大旱千里赤，州县仍催给河役。老小相依来就南，南人丰年自无食。悲愁天地白日昏，路旁过者无颜色。汝生不及贞观中，斗粟数钱无兵戎！

咏　柳

［宋］曾　巩

乱条犹未变初黄，倚得东风势便狂。解把飞花蒙日月，不知天地有清霜。

首春连阴

［宋］陆　游

入春十日九日阴，积雪未解雨复霪。西家船漏湖水涨，东家驴病街泥深。去秋宿麦不入土，今年米贵如黄金。老妪哭子那可听，僵死不覆黔娄衾。州家遣骑馈春酒，欲饮复止吾何心。出门空叹岁华速，已见微绿生高林。

四时田园杂兴(其三十五)

[宋]范成大

采菱辛苦废犁锄,血指流丹鬼质枯。无力买田聊种水,近来湖面亦收租。

促促词

[宋]徐　照

促促复促促,东家欢欲歌,西家悲欲哭。丈夫力耕长忍饥,老妇勤织长无衣。东家铺兵不出户,父为节级儿抄簿。一年两度请官衣,每月请米一石五。小儿作军送文字,旬日一轮怨辛苦。

理想、人生篇

唐宋诗词中有大量抒写对理想实现的渴望和对人生思考的感悟的作品，这些文字让今人可以透过千年的岁月，仰望古人的背影，感受不同的人生。

唐宋文人或将自己对建立不朽功业的期待、对实现伟大抱负的渴望灌注进精心构想的诗词中，他们充满自信，志存高远，以历史上的良相名将自比，以展翅高飞的鸿鹄自喻，期待自己一鸣惊人的时刻。他们将自己的理想谱写成振奋人心的乐章，这些文字力透纸背，激情昂扬，具有高山大河般的力量，足以让懦者奋起、惰者抱愧。

他们或在人世间历尽坎坷之后，不忘初心之余，找到了向生活妥协的方式，变得云淡风轻。他们通透达观，鄙弃名利，美食美酒、花草虫鱼都可以让他们找到内心的平衡，发现生命的真谛。这些文字给人以感悟，足以让困惑者、彷徨者掀开生活的面纱，豁然开朗，对人生的烦恼淡然处之。

还有一些处于末世的文人，他们在生活的泥潭中苦苦挣扎，徒然地对抗着社会带给他们的伤害，甚至关闭自己心灵的窗口，在简单的日常生活中安置身心。

从军行

[唐]杨　炯

烽火照西京①，心中自不平。牙璋辞凤阙②，铁骑绕龙城③。雪暗凋旗画，风多杂鼓声。宁为百夫长④，胜作一书生。

【作者简介】

杨炯(650—693)，华阴(今属陕西华阴市)人。显庆六年(661)被举为神童，上元三年(676)应制举及第，授校书郎，后历任崇文馆学士、梓州司法参军、盈川县令等职，吏治以严酷著称，卒于任所。后人称他为“杨盈川”。擅诗，与王勃、卢照邻、骆宾王合称为“初唐四杰”。

【解题】

《从军行》是乐府旧题，多写军旅生活。

【注释】

①烽火：古代边防告急的烟火。西京：长安。

②牙璋：古代发兵所用兵符，分为两块，相合处呈牙状，朝廷和主帅各执其半，此处指代奉命出征的将帅。凤阙：指皇宫，汉建章宫的宫阙上有金凤，故以凤阙指皇宫。

③龙城：在今蒙古国鄂尔浑河的东岸。

④百夫长：管理一百个士兵的头目，泛指低级军官。

【赏析】

唐高宗调露、永隆年间，吐蕃、突厥曾多次侵扰甘肃一带，裴行俭奉命出师征讨。杨炯此诗即抒发了当时中下阶层知识分子愿意远赴边疆建功立业的个人理想与豪情。首联写当时军情紧急，激发了诗人的爱国热情，他不愿枯守书斋，坐立难安。中间两联写主将率军辞别京城，前往边地的过程，军队气势盛大，军容整肃，风雪交加中更凸显了战士们的勇猛和无畏精神。尾联“宁为百夫长，胜作一书生”则直抒了作者在时代精神的强大感召下，渴求投笔从戎的愿望。

登幽州台歌

［唐］陈子昂

前不见古人①，后不见来者。念天地之悠悠，独怆然而涕下②！

【作者简介】

陈子昂(661—702)，字伯玉，梓州射洪(今四川省射洪市)人。陈子昂少任侠，后发奋读书。文明元年(684)登进士第，曾任右拾遗，后世因称陈拾遗。陈子昂存诗共一百多首，其诗风骨苍劲，寓意深远，其中最具代表性的有组诗《感遇》三十八首、《蓟丘览古》七首、《登幽州台歌》和《登泽州城北楼宴》等。

他在诗歌理论上有一定建树，论诗崇尚“汉魏风骨”，强调“风雅”“兴寄”，其诗论见于《与东方左史虬修竹篇序》一文。有《陈子昂集》。

【解题】

幽州：古十二州之一，即今北京市。幽州台又名“蓟北楼”，即燕国时期燕昭王所建的黄金台，该台为招纳贤才所建。武则天万岁通天元年(696)，武攸宜奉命远征契丹，陈子昂时在军中，亲睹武攸宜因无谋略而致前军失败。陈子昂具有政治见识和政治才能，进方略却不用。诗人因此登上蓟北楼，慷慨悲吟，写下了《登幽州台歌》。

【注释】

①古人：指燕昭王，并泛指能够礼贤下士的明君。

②怆然：悲伤的样子。涕：古代指眼泪。

【赏析】

这是一首登临怀古之作，更是一首关乎现实、理想、人生的诗歌。据说燕昭王修建黄金台用于招纳贤才，后果然有乐毅、邹衍等人投奔而来，他们受到了燕昭王的重用，并为燕国的复兴做出了很大的贡献。燕昭王之事遂成为明君爱才的佳话，也是唐宋不少文人在诗词中常提及的典故。陈子昂此诗将自己置于广阔的时空背景下，深感人生短暂，宇宙无限。天地悠悠，人生短短几十年如白驹过隙，转瞬即逝。诗人渴望在这有限的生命中成就自己的事业，实现理想与抱负，可他胸怀大志却报国无门，倍感孤独悲伤，而这也是此诗千百年来不断引起人共鸣的原因所在。

将进酒

［唐］李　白

君不见[1]，黄河之水天上来，奔流到海不复回。君不见，高堂明镜悲白发[2]，朝如青丝暮成雪。人生得意须尽欢[3]，莫使金樽空对月[4]。天生我材必有用，千金散尽还复来。烹羊宰牛且为乐，会须一饮三百杯[5]。岑夫子，丹丘生，将进酒，杯莫停。[6]与君歌一曲，请君为我倾耳听。钟鼓馔玉不足贵[7]，但愿长醉不愿醒。古来圣贤皆寂寞，惟有饮者留其名。陈王昔时宴平乐[8]，斗酒十千恣欢谑[9]。主人何为言少钱，径须沽取对君酌。五花马、千金裘[10]，呼儿将出换美酒，与尔同销万古愁。

【作者简介】

李白(701—762)，字太白，号青莲居士。关于李白的家世及出生地点，至今尚有争议之处。其祖籍陇西成纪(今属甘肃秦安县)，后徙居四川绵阳，魏颢《李翰林集序》云：“白本家陇西，乃放形，因家于绵。身既生蜀，则江山英秀。”李白的出生颇富传奇色彩，李阳冰《草堂集序》中云："神龙之始，逃归于蜀，复指李树，而生伯阳；惊姜之夕，长庚入梦，故生而名白，以太白字之。"李白少年时主要在四川度过，后漫游全国各地。天宝初年应召入长安，担任翰林供奉一职，后得玄宗赐金放还。李白离开长安后，再次四处游历。安史之乱起，李白加入永王李璘幕府，兵败，被流放夜郎，途中遇赦。晚年漂泊东南，逝于安徽当涂。

李白思想复杂，儒、道、纵横等各家思想均有所沾染，受道家思想影响尤深，他深爱自然，追求自我实现。李白是唐代著名诗人，与杜甫合称为"李杜"。其诗歌内容丰富，多绘祖国山川自然，述个人理想与遭际。风格豪放飘逸，语言清新自然，尤擅歌行体，被后人誉为"诗仙"，有《李太白集》。李白为人仗义轻财、不拘小节，喜饮酒，爱交友，他的诗歌成就和独特人格对后世有着深远影响。

【解题】

《将进酒》是乐府旧题，是劝酒歌，多抒痛饮放歌之情。将(qiāng)：请。

【注释】

①君不见：乐府中常用的一种夸语。

②高堂：房屋的正室厅堂。

③得意：适意高兴的时候。

④金樽：古代的盛酒器具。

⑤会须：正应当。

⑥岑夫子：岑勋。丹丘生：元丹丘。二人均为李白的朋友。

⑦钟鼓：富贵人家宴会中奏乐使用的乐器。馔(zhuàn)玉：形容食物如玉一样精美。

⑧陈王：指陈思王曹植。平乐：观名，在洛阳西门外。

⑨斗酒十千：形容酒价昂贵。恣：纵情任意。

⑩五花马：指名贵的马。一说毛色作五花纹，一说颈上长毛修剪成五瓣。裘：名贵的皮衣。

【赏析】

李白一直有着远大的理想和抱负，他渴望能够“申管、晏之谈，谋帝王之术。奋其智能，愿为辅弼，使寰区大定、海县清一”(《代寿山答孟少府移文书》)，成为国家举足轻重的人物。然而，李白唯一的从政经历却让他大失所望。唐玄宗天宝初年，李白由道士吴筠推荐，应唐玄宗召见进京，被命为翰林供奉，此一职位难以达到李白的自我预设，实现他“兼济天下”的心愿。天宝三年(744)，李白得玄宗赐金放还，再次踏上漫游祖国河山的旅途。时隔数年之后，李白多次与友人岑勋应邀到另一好友元丹丘的颍阳山居做客，三人往往登高饮宴，借酒放歌。李白由于遭受打击，理想不能实现，常借酒浇愁，以长歌发泄心中的极度郁闷。

此诗抒发了李白的怀才不遇之情，全诗气势豪迈，纵横捭阖，力能扛鼎。通篇以七言为主，三、五言掺杂其中，参差错落，节奏奔放，是李白的代表作之一。就如南宋严羽《评点李太白诗集》中所言："一往豪情，使人不能句字赏摘，盖他人作诗用笔想，太白但用胸口一喷即是，此其所长。"

南园十三首(其五)

[唐]李　贺

男儿何不带吴钩①，收取关山五十州②。请君暂上凌烟阁③，若个书生万户侯④？

【作者简介】

李贺(约790—约816)，字长吉，福昌(今属河南洛阳)人，家居福昌昌谷，后世称李昌谷，是唐宗室后裔。李贺父名李晋肃，李贺因避父讳不能参加科举考试，曾任奉礼郎，元和八年(813)后因病去职，二十七岁早逝。李贺擅长诗歌，且为之呕心沥血，与李白、李商隐称为唐代"三李"。诗歌多抒写内心苦闷，阐发理想和抱负。他的诗歌有大胆的想象力，喜用神话、鬼魅等故事，构造出迷离的艺术境界，有"太白仙才，长吉鬼才"之说。

【解题】

《南园》组诗是李贺应进士试受挫回昌谷闲居时陆续吟成的，本诗是李贺《南园》组诗十三首中的第五首。南园：泛指李贺昌谷故居以南一大片平地。

【注释】

①吴钩：吴地出产的一种头部呈弯钩状的佩刀。

②五十州：指当时被藩镇所占领割据的山东及河南、河北五十余州郡。

③凌烟阁：唐代旌表功臣的殿阁。贞观十七年(643)，唐太宗为表彰功臣，命阎立本绘长孙无忌等二十四人画像于凌烟阁。

④若个：哪个。万户侯：受封食邑达一万户的侯爵，借指高官厚禄。

【赏析】

李贺出身宗室后裔，不同于一般的出身赋予他远大的理想与抱负，然而其孱弱的身体条件和因封建礼教“避父讳”使他不能参加科举考试，这让李贺的理想难以实现。本诗为七言绝句，第一、二句以反问起笔，极有气势。在告诫世人的同时其实也是在直抒胸臆，收复燕云五十州才是一个男子汉应当成就的事业。第三、四句则更进一步指出：请你登上那画有开国功臣的凌烟阁去看一看，又有哪一个书生曾被封为万户侯？全诗大气磅礴，节奏起伏，对理想的追求中又暗含着无法实现理想的痛苦。

遣　怀

[唐]杜　牧

落魄江湖载酒行①，楚腰纤细掌中轻②。十年一觉扬州梦，赢得青楼薄幸名③。

【作者简介】

杜牧(803—约852)，字牧之，号樊川居士，是宰相杜佑之孙、杜从郁之子，京兆万年(今陕西西安)人。杜牧擅长写诗，诗风俊爽豪迈，与李商隐并称“小李杜”。《新唐书》本传：“牧于诗，情致豪迈，人号‘小杜’，以别于杜甫云。”因晚年居长安南樊川别墅，故后世称“杜樊川”，著有《樊川文集》。

【解题】

这是诗人感慨人生之作。

【注释】

①落魄：仕宦潦倒不得意。魄：一作“拓”。

②楚腰：指细腰美女，出自《韩非子·二柄》：“楚灵王好细腰，而国中多饿人。”掌中轻：指汉成帝皇后赵飞燕，出自《飞燕外传》：“体轻，能为掌上舞。”

③青楼：旧指精美华丽的楼房，也指妓院。薄幸：薄情。

【赏析】

杜牧在家族中排行十三，故被称为“杜十三”。他有一定的政治才华，博通经史，尤其专注于治乱与军事。其《阿房宫赋》和《感怀诗》都表现出独特见解。然而他身处晚唐衰世，虽有心作为却屡遭外放，只能在诗酒流连中无奈度过许多时间。本诗前两句再现诗人蹉跎时日、沉迷声色的生活状况；后两句抒发内心感慨，表现了悔悟、自责以及振作之意。

鹤冲天

［宋］柳　永

黄金榜上[①]，偶失龙头望。明代暂遗贤[②]，如何向？未遂风云便[③]，争不恣狂荡[④]？何须论得丧[⑤]。才子词人，自是白衣卿相[⑥]。　　烟花巷陌，依约丹青屏障[⑦]。幸有意中人，堪寻访。且恁偎红倚翠[⑧]，风流事、平生畅。青春都一饷[⑨]。忍把浮名[⑩]，换了浅斟低唱！

【作者简介】

柳永（约 984—约 1053），原名三变，字景庄，后改名永，字耆卿，因排行第七，又称柳七，崇安（今属福建）人，宋仁宗朝进士，官至屯田员外郎，世称柳屯田。柳永长于作词，是北宋第一个专业词人，自称“奉旨填词柳三变”（《苕溪渔隐丛话》）。他精通音律，大力创作慢词。其词多写歌妓生活，长于抒写羁旅行役之情，语言通俗，音律谐婉，在当时流传极其广泛，叶梦得《避暑录话》称"凡有井水饮处,即能歌柳词",对宋词的发展有重大影响,有《乐章集》。

【解题】

《鹤冲天》:词牌名,是柳永所作。另《喜迁莺》《风光好》也叫《鹤冲天》。

【注释】

①黄金榜:指录取进士的题名金榜。

②明代:圣明的时代。一作"千古"。

③风云:风云际会,指一切顺利,得时势眷顾。

④争不:怎不。恣:放纵。

⑤得丧:得失。

⑥白衣:古代未仕之士着白衣。"白衣卿相"是柳永自嘲,指自己才华出众,虽不入仕途,专心填词,也如卿相一般尊贵。

⑦丹青:绘画的颜料,这里借指画。屏障:屏风。

⑧恁:如此。偎红倚翠:指狎妓。宋陶谷《清异录》载:南唐后主李煜微行娼家,自题为"浅斟低唱偎红倚翠大师鸳鸯寺主"。

⑨饷:片刻。

⑩浮名:指功名。

【赏析】

这是柳永早期所作的词,据吴曾《能改斋漫录》卷十六载:"仁宗留意儒雅,务本理道,深斥浮艳虚薄之文。初,进士柳三变好为淫冶讴歌之曲，传播四方。尝有《鹤冲天》词云‘忍把浮名，换了浅斟低唱’。及临轩放榜，特落之，曰：‘且去浅斟低唱，何要浮名！’”自此，柳永干脆自称“奉旨填词柳三变”，到“小词”中去寻找精神寄托。这首词展现了柳永鄙弃功名、傲视公卿的思想。然而，从“偶失龙头望”句中蕴含的失望之情，以及“未遂”“忍把”等词语中体现的无奈感，可见柳永的理想和初衷并不仅仅是做一个才子词人，而是和众多古代士子一样，走科举之途。但柳永并没有得到“龙头望”，宋朝却多了一位贴近底层市民的著名词人。

定风波

[宋]苏　轼

三月七日，沙湖道中遇雨[①]，雨具先去，同行皆狼狈，余独不觉。已而遂晴[②]，故作此词。

莫听穿林打叶声，何妨吟啸且徐行[③]。竹杖芒鞋轻胜马[④]，谁怕？一蓑烟雨任平生。[⑤]　　料峭春风吹酒醒，微冷。山头斜照却相迎。回首向来萧瑟处[⑥]，归去，也无风雨也无晴。

【作者简介】

见《荔枝叹》。

【解题】

定风波：词牌名。这首词作于宋神宗元丰五年（1082）春，是苏轼因“乌台诗案”被贬为黄州团练副使的第三年。

【注释】

①沙湖：在今湖北黄冈东南三十里，又名螺丝店。出自《东坡志林》卷一：“黄州东南三十里为沙湖，亦曰螺丝店。予买田其间。”

②已而：过了一会儿。

③吟啸：吟咏长啸。

④芒鞋：草鞋。

⑤一蓑：蓑衣。一蓑烟雨任平生：披着蓑衣在风雨里，过一辈子也处之泰然。

⑥向来：方才。萧瑟：风雨吹打树叶的声音。

【赏析】

“乌台诗案”是北宋第一大文字狱，苏轼作为诗案的中心人物，被关四个月，最终被贬为黄州团练副使。来到黄州，苏轼的政治生涯跌入谷底，但在经历人生最大的政治危机之后，苏轼的思想却越发通透，生活态度越发潇洒自若。

本词写的是苏轼与朋友春日出游突遇风雨，其他人惊慌失措，他却毫不在乎，吟咏自若，缓步而行。此风雨，在苏轼眼中，既是自然界的风雨，也是政治上的起起伏伏和人生的风风雨雨，如同自然界的风雨一样，这些人生坎坷虽然会给人一时的困扰，但一旦过去，回头看时，何尝不是“也无风雨也无晴”呢？正因为通透、达观的生活态度，苏轼才能镇定地面对日后的岭南之行、海南之行。在黄冈的日子里，苏轼不仅在生活态度上沉静下来，在文学创作中也沉淀下来，创作出《前赤壁赋》《后赤壁赋》《浪淘沙》等千古传诵的名篇。

登飞来峰

［宋］王安石

飞来峰上千寻塔①，闻说鸡鸣见日升②。不畏浮云遮望眼③，只缘身在最高层④。

【作者简介】

王安石（1021—1086），字介甫，号半山，抚州临川（今江西省抚州市临川区）人。庆历年间中进士，熙宁二年（1069）任参知政事，次年拜同中书门下平章事，在全国范围内推行新法。晚年退居南京江宁，卒谥文，封荆国公，又称王荆公。王安石诗、词、文皆擅长，是“唐宋八大家”之一，其晚年诗作直追唐人，被称为“王荆公体”。他的文章短小精悍。现有《王临川集》《临川集拾遗》等。

【解题】

关于飞来峰的具体位置，有两种说法。一说是浙江杭州西湖灵隐寺前的飞来峰，一说是浙江绍兴城外的林山，传说此峰是从琅琊郡东武县飞来的，故名飞来峰。

【注释】

①千寻塔：很高的塔。寻：古时长度单位，八尺为一寻。

②闻说：听说。

③浮云：出自《世说新语·慎微篇》："故邪臣之蔽贤，犹浮云之障日也。"望眼：远望的视线。

④缘：因为。

【赏析】

宋仁宗皇祐二年（1050），王安石在鄞县任满，归江西临川，途中写下此诗。王安石为人冷静果断、坚定执着，他目睹北宋积贫积弱的现状，希图通过改革来使国家强大。由于政治理念的不同，王安石的新法招来不少反对者，其中不乏当时各界名流，王安石的改革推行遇到了不小的阻力。由于神宗皇帝的支持，以及王安石"天变不足畏，祖宗不足法，人言不足恤"（《宋史·王安石传》）的改革精神，新法得以推行，然朝廷新、旧两党之间的争端随即开启。该诗第一、二句，诗人用"千寻"写飞来峰之高，间接写出自己的志存高远，表现了诗人的朝气蓬勃，他胸怀改革大志，对前途充满信心。诗的后两句承接前两句写景，议论抒情，而诗人用"不畏"凸显自己不惧流言、不畏苦难、勇往直前实现理想的勇气和决心。全诗议论深沉，豪气满怀，是一首情理结合的好作品。

鹧鸪天·有客慨然谈功名因追念少年时事戏作

［宋］辛弃疾

壮岁旌旗拥万夫[1]，锦襜突骑渡江初[2]。燕兵夜娖银胡䩮[3]，汉箭朝飞金仆姑[4]。　追往事，叹今吾，春风不染白髭须。却将万字平戎策[5]，换得东家种树书。

【作者简介】

见《菩萨蛮·书江西造口壁》。

【解题】

这首词是辛弃疾晚年退居江西上饶铅山的庄园，有客人和他谈起建功立业之事，他回想起一生经历而作的。

【注释】

①壮岁：少壮时。壮岁旌旗拥万夫：指辛弃疾二十余岁时起兵，领导起义军追随耿京的队伍抗金的事。《进美芹十论札子》里说："臣尝鸠众二千，隶耿京，为掌书记，与图恢复，共藉兵二十五万，纳款于朝。"

②锦襜(chān)：锦绣战袍。衣蔽前曰"襜"。突骑：快速的骑兵。"锦襜突骑渡江初"一句指的是辛弃疾南归前统帅部队与金兵周旋之事。

③燕兵：此处指金兵。娖（chuò）：整理。银胡觮：银色或镶银的箭袋。全句讲金兵在夜晚整理箭袋，准备第二天的战斗。

④汉：代指宋。金仆姑：箭名，见《左传·庄公十一年》："公以金仆姑射南宫长万。"

⑤平戎策：平定时局的策略。

【赏析】

辛弃疾能文能武，他出生于山东济南，幼年时受祖父辛赞的爱国主义教育，以维护国家的统一为人生重要理想和目标。他在二十余岁时率几千人的义军渡江归南宋，让南宋朝野为之震惊。然而，由于种种原因，辛弃疾在南宋辗转江西、湖南各地，不仅没有机会上前线去实现自己的理想，反而时常被弹劾，在四十多岁壮龄即退居带湖庄园以卒岁。该词上阕即回顾作者青壮年时的传奇经历，他率领义军与金兵周旋，紧张而激烈。下阕回到现实，他怀有报国之心，踌躇满志奔回南宋，却壮志难酬。年岁已老，他只能将满腔报国热情压制住，在田园生活中消磨岁月。上阕紧张而激烈，下阕沉痛而无奈，正是辛弃疾词"豪中呈郁"特点的展现。

虞美人·听雨

［宋］蒋　捷

少年听雨歌楼上，红烛昏罗帐①。壮年听雨客舟中，江阔云低、断雁叫西风②。　　而今听雨僧庐下，鬓已星星也。悲欢离合总无情③，一任阶前、点滴到天明。

【作者简介】

蒋捷，字胜欲，号竹山，阳羡（今江苏宜兴）人，南宋咸淳十年(1274)进士。南宋覆灭，蒋捷深怀亡国之痛，隐居不仕，人称“竹山先生”，其气节为时人所重。长于词，与周密、王沂孙、张炎并称“宋末四大家”。其词风格多样，尤以造语奇巧出名，在宋末词坛上独具一格，有《竹山词》。

【解题】

虞美人：唐教坊曲。该词是作者对少年、壮年、老年一生的回顾。

【注释】

①昏：昏暗。罗帐：床上的纱幔。

②断雁：孤雁。

③无情：无动于衷。

【赏析】

蒋捷生当宋、元易代之际，大约在宋度宗咸淳十年(1274)中进士，而几年以后宋朝就亡了。他的一生是在战乱年代中颠沛流离、饱经忧患的一生。这首词作者选取“听雨”这一视角，对一生不同阶段的境遇进行描摹。其中，既有个性情怀，又有时代烙印：由作者的少年风流、壮年飘零、晚年孤冷，分明可以透见一个历史时代由兴到衰、由衰到亡的嬗变轨迹，而这正是此词的深刻、独到之处。

备选篇目

行路难（其一）

［唐］李　白

金樽清酒斗十千，玉盘珍馐直万钱。停杯投箸不能食，拔剑四顾心茫然。欲渡黄河冰塞川，将登太行雪满山。闲来垂钓碧溪上，忽复乘舟梦日边。行路难，行路难，多歧路，今安在？长风破浪会有时，直挂云帆济沧海。

少年行二首（其二）

［唐］李　白

五陵年少金市东，银鞍白马度春风。落花踏尽游何处，笑入胡姬酒肆中。

酬乐天扬州初逢席上见赠

［唐］刘禹锡

巴山楚水凄凉地，二十三年弃置身。怀旧空吟闻笛赋，到乡翻似烂柯人。沉舟侧畔千帆过，病树前头万木春。今日听君歌一曲，暂凭杯酒长精神。

县中池竹言怀

［唐］钱　起

官小志已足，时清免负薪。卑栖且得地，荣耀不关身。自爱赏心处，丛篁流水滨。荷香度高枕，山色满南邻。道在即为乐，机忘宁厌贫。却愁丹凤诏，来访漆园人。

安定城楼

［唐］李商隐

迢递高城百尺楼，绿杨枝外尽汀洲。贾生年少虚垂涕，王粲春来更远游。永忆江湖归白发，欲回天地入扁舟。不知腐鼠成滋味，猜意鹓雏竟未休。

金缕衣

［唐］杜秋娘

劝君莫惜金缕衣，劝君惜取少年时。花开堪折直须折，莫待无花空折枝。

戏答元珍

[宋]欧阳修

春风疑不到天涯，二月山城未见花。残雪压枝犹有橘，冻雷惊笋欲抽芽。夜闻归雁生乡思，病入新年感物华。曾是洛阳花下客，野芳虽晚不须嗟。

和子由渑池怀旧

[宋]苏　轼

人生到处知何似，应似飞鸿踏雪泥。泥上偶然留指爪，鸿飞那复计东西。老僧已死成新塔，坏壁无由见旧题。往日崎岖还记否，路长人困蹇驴嘶。

临江仙·送钱穆父

[宋]苏　轼

一别都门三改火，天涯踏尽红尘。依然一笑作春温。无波真古井，有节是秋筠。　　惆怅孤帆连夜发，送行淡月微云。尊前不用翠眉颦。人生如逆旅，我亦是行人。

牧　童

[宋]黄庭坚

骑牛远远过前村，短笛横吹隔陇闻。多少长安名利客，机关用尽不如君。

市舶提举管仲登饮于万贡堂有诗

[宋]戴复古

七十老翁头雪白，落在江湖卖诗册。平生知己管夷吾，得为万贡堂前客。嘲吟有罪遭天厄，谋归未办资身策。鸡林莫有买诗人，明日烦公问蕃舶。

满江红·夜雨凉甚忽动从戎之兴

[宋]刘克庄

金甲雕戈，记当日、辕门初立。磨盾鼻、一挥千纸，龙蛇犹湿。铁马晓嘶营壁冷，楼船夜渡风涛急。有谁怜、猿臂故将军，无功级。平戎策，从军什。零落尽，慵收拾。把茶经香传，时时温习。生怕客谈榆塞事，且教儿诵花间集。叹臣之壮也不如人，今何及。

山水、田园篇

“智者乐水，仁者乐山。”（《论语·雍也》）远在先秦时期，诗人们便关注到了大自然所蕴含的审美价值。“杨柳依依”“雨雪霏霏”（《小雅·采薇》）和“袅袅兮秋风，洞庭波兮木叶下”“荒忽兮远望，观流水兮潺湲”（《九歌·湘夫人》）等句虽然是将山水作为人们活动的背景来描写，却也代表了诗人对山水之美的认可。山水、田园诗的日渐成熟是在魏晋南北朝时期，谢灵运、谢朓的山水诗，陶渊明的田园诗对后世产生了很大影响，奠定了我国山水田园诗的传统。到了唐代，王维、孟浩然等诗人将山水田园诗发展到了一个新的高度，他们将笔触投向静谧的山林河野、优美的乡村、悠闲淳朴的村民，将文人对于田园牧歌式生活的向往倾注其中。除了王维、孟浩然，大多数唐宋文人都有山水田园诗作，留下了许多动人的作品，或雄浑壮美，或清新雅致，或诗情画意充溢其中，唐宋时期成为我国古代山水田园诗词创作的黄金时期。

山水本是无情物，但一旦进入文人的视野，便沾染了文人们的各种情感，成为文人们内心情感的投射对象，融入作者的个性色彩。在唐宋的山水、田园诗词中，除山水之外，还可以看到各种情感，如理想之豪情、思家之悲情、分别之伤感，甚至国破家亡之痛苦，不一而足。读唐宋山水、田园诗词，可以陶冶情操，培养高尚审美情趣。

春江花月夜

［唐］张若虚

春江潮水连海平，海上明月共潮生。滟滟随波千万里[①]，何处春江无月明？江流宛转绕芳甸[②]，月照花林皆似霰[③]。空里流霜不觉飞[④]，汀上白沙看不见。江天一色无纤尘，皎皎空中孤月轮。江畔何人初见月？江月何年初照人？人生代代无穷已，江月年年只相似[⑤]。不知江月待何人，但见长江送流水。白云一片去悠悠，青枫浦上不胜愁[⑥]。谁家今夜扁舟子[⑦]，何处相思明月楼[⑧]？可怜楼上月裴回，应照离人妆镜台。玉户帘中卷不去，捣衣砧上拂还来。此时相望不相闻，愿逐月华流照君。鸿雁长飞光不度，鱼龙潜跃水成文[⑨]。昨夜闲潭梦落花，可怜春半不还家。江水流春去欲尽，江潭落月复西斜[⑩]。斜月沉沉藏海雾，碣石潇湘无限路[⑪]。不知乘月几人归，落月摇情满江树[⑫]。

【作者简介】

张若虚，其生卒年、字号均不详，玄宗开元年间尚在世，扬州（今属江苏）人。曾任兖州兵曹，以文词俊秀驰名京都，与贺知章、张旭、包融并称“吴中四士”。张若虚诗现仅存《春江花月夜》《代答闺梦还》二首。

【解题】

《春江花月夜》为乐府《清商曲辞·吴声歌曲》旧题，相传为南朝陈后主陈叔宝所作，原诗已不传。后来隋炀帝又曾作过此诗。《乐府诗集》卷四十七收《春江花月夜》七首，其中有隋炀帝的两首。张若虚此诗为拟题作诗，与原先的曲调已不同。

【注释】

①滟滟：波光荡漾的样子。

②芳甸：芳草丰茂的原野。甸：郊外之地。

③霰(xiàn)：天空中降落的白色不透明的小冰粒。

④流霜：飞霜。在这里比喻月光皎洁，月色朦胧、流荡，所以不觉得有霜霰飞扬。

⑤江月年年只相似：又作"江月年年望相似"。

⑥青枫浦上：青枫浦，又名双峰浦，今湖南浏阳市境内有青枫浦。这里泛指游子所在的地方。

⑦扁舟：小舟。扁舟子：飘荡江湖的游子。

⑧明月楼：月夜下的闺楼。这里指闺中思妇。

⑨文：同"纹"。

⑩复西斜：此中"斜"应为押韵，读作"xiá"。

⑪碣石：山名，在河北昌黎北。潇湘：湘江与潇水。碣石、潇湘一南一北，暗指路途遥远，相聚无望。

⑫摇情：激荡情思。

【赏析】

张若虚的《春江花月夜》虽然沿用了乐府旧题，但已完全突破六朝的藩篱，洗去了宫体诗的脂粉气，成为开启唐诗盛世的篇章之一。无数人为它倾倒，誉之为“孤篇横绝，竟为大家”（王闿运《湘绮楼论唐诗》）、“诗中的诗，顶峰上的顶峰”（闻一多《唐诗杂论》）。

全诗以月亮的升起到落下的动态过程为线索，描绘了月光下的景象，同时又融入宇宙、人生之永恒哲理和游子、思妇思归怀人之情。《春江花月夜》既非生硬模山范水的山水诗，也非枯燥说理的玄言诗，更非纯粹抒发相思离别的爱情诗，而是在洁白、空灵的月亮的统摄下，将景、理、情三者完美地融合在一起，呈现出诗情画意、摇曳多姿的圆融诗境。

《春江花月夜》意境空灵、语言清丽、音韵婉转，它的出现可以说是中国古代诗歌史上的一个里程碑，对唐诗的繁荣有重要作用。

夜归鹿门山歌

[唐]孟浩然

山寺钟鸣昼已昏，渔梁渡头争渡喧①。人随沙岸向江村，余亦乘舟归鹿门。鹿门月照开烟树②，忽到庞公栖隐处③。岩扉松径长寂寥④，惟有幽人自来去。

【作者简介】

孟浩然(689—740),本名不详,字浩然,襄州襄阳(今湖北襄阳)人,世称"孟襄阳",又称"孟山人"。孟浩然少好节义,喜济人患难。曾应进士举,不第。开元年间得玄宗召见,放还未仕,后隐居鹿门山。孟浩然工于诗,以田园山水为主,风格清淡自然,有诗二百余首,与王维合称为"王孟"。

【解题】

鹿门山:山名,在襄阳,《后汉书》卷八十三引《襄阳记》云:"鹿门山旧名苏岭山。建武中,襄阳侯习郁立神祠于山,刻二石鹿夹神庙道口,俗因谓之鹿门庙,遂以庙名山也。"汉末著名隐士庞德公,曾拒绝征辟,携家隐居鹿门山,从此鹿门山就成了隐逸圣地。孟浩然家在襄阳城南郊外汉江西岸,鹿门山与孟浩然家隔江相望,距离不远。

【注释】

①渔梁:洲名,在湖北襄阳城外汉水中。《水经注·沔水》载:"襄阳城东沔水中有渔梁洲,庞德公所居。"喧:吵闹。

②开烟树:在月光照耀下,原本烟雾缭绕中的树木渐渐显现出来。

③庞公:庞德公,东汉襄阳人,隐居鹿门山。荆州刺史刘表请他做官,他拒绝后,携妻登鹿门山采药,一去不回。

④岩扉:指山岩相对如门。

【赏析】

孟浩然早年一直处于“欲济无舟楫”(《临洞庭湖赠张丞相》)的境地,求仕不得。在漫游吴、越之后,他决心追慕先贤庞德公的行迹,回故乡隐居,因此他也在鹿门山开辟了一处住所,该诗即写他夜归鹿门山住所的所见所感。一、二句写渔梁洲日暮时的喧闹场景,与清寂的鹿门山形成强烈对比。三、四句写诗人的不同流俗,村人各自还家,而诗人则独自乘舟前往鹿门山。五、六句写诗人进山时的一路见闻,在月光照耀下,他看着朦胧的树木逐渐清晰,不知不觉来到庞德公昔日的隐居之处。最后两句中,诗人进一步表明自己“独往来”的隐居之趣。全诗语言流畅自然,意境清雅脱俗,恰似一篇山水游记,写出了鹿门山的清幽、素淡,从中也可见诗人平淡、清高的志趣。

渭川田家

[唐]王　维

斜光照墟落[①],穷巷牛羊归[②]。野老念牧童[③],倚杖候荆扉。雉雊麦苗秀[④],蚕眠桑叶稀。田夫荷锄立[⑤],相见语依依。即此羡闲逸,怅然吟式微[⑥]。

【作者简介】

见《少年行》。

【解题】

渭川：一作“渭水”。渭水发源于甘肃鸟鼠山，经甘肃、陕西流入黄河。此诗描绘的是渭水两岸的农村生活。

【注释】

①墟落：村庄。

②穷巷：深巷。

③野老：村野老人。牧童：一作“僮仆”。

④雉雊（gòu）：野鸡鸣叫。《诗经·小雅·小弁》载：“雉之朝雊，尚求其雌。”

⑤荷（hè）：肩负的意思。立：一作“至”。

⑥式微：《诗经》篇名，其中有“式微，式微，胡不归”之句，表达归隐之意。

【赏析】

开元二十五年(737)，宰相张九龄被排挤出朝廷，此后的王维深感失去政治上的依靠，常在诗歌中流露出想要归隐之意，该诗大概作于此时。全诗描绘了一幅怡然自得的农家生活图：在夕阳的余晖下，村庄中的牛羊沿着深巷纷纷归来。老翁惦念着孙儿，拄着拐杖在自家柴门口等候。野鸡在麦田里鸣叫，麦苗即将抽穗；蚕儿成眠，桑叶也已经很稀少了。农夫们荷锄回到村里，欢声笑语不断，依依不舍。诗人目睹这一切，联想到自己的处境和身世，十分感慨。全诗不事雕琢，纯用白描，朴实动人。

望洞庭

[唐]刘禹锡

湖光秋月两相和①，潭面无风镜未磨②。遥望洞庭山水翠③，白银盘里一青螺④。

【作者简介】

刘禹锡(772—842)，字梦得，洛阳人。曾任渭南县主簿、监察御史等职，政治上主张革新，是王叔文政治革新活动的中心人物之一。永贞革新失败后被贬为朗州司马(今湖南常德)，后屡遭贬谪。刘禹锡工于诗文，他性格刚毅，其诗歌简洁明快，大气昂扬，尤以咏史诗为人称道。

【解题】

洞庭：湖名，在今湖南省北部。该诗是唐穆宗长庆四年(824)秋，刘禹锡赴和州刺史任，途经洞庭湖时所作。

【注释】

①和：和谐。指湖光与月光互相辉映。

②镜未磨：古人的镜子用铜制作、磨成。这里一说是湖面无风，水平如镜；一说是远望湖中的景物，隐约不清，如同镜面没打磨时。

③山：指洞庭湖中的君山。山水翠：也作“山水色”。

④青螺：这里用来比喻洞庭湖中的君山。

【赏析】

刘禹锡的山水诗在一定程度上改变了中唐以来山水诗气度狭小、琐碎孤寂的风格，而写得大气开阔。该诗描写了秋夜月光下洞庭湖的优美景色，空明澄澈，平静秀美，与孟浩然笔下“气蒸云梦泽，波撼岳阳城”（《临洞庭湖赠张丞相》）的洞庭湖大相径庭。诗人以清新的笔调，生动地描绘出洞庭湖的山水图。最后一句“白银盘里一青螺”尤为绝妙，在诗人笔下，烟波浩渺的洞庭湖不过是岸上的杯盘而已，而苍翠的君山无非是盘中的一颗青螺。诗中比喻精妙，语言自然不做作，诗人的气度和襟怀隐隐显现于诗中。

渔　翁

［唐］柳宗元

渔翁夜傍西岩宿①，晓汲清湘燃楚竹。烟销日出不见人，欸乃一声山水绿②。回看天际下中流，岩上无心云相逐③。

【作者简介】

柳宗元（773—819），字子厚，河东（今山西运城）人，人称“柳河东”。唐德宗贞元九年（793）中进士，五年后又考取博学宏词科，历任集贤殿正字、蓝田县尉等职。后参加王叔文领导的政治革新运动，革新失败被贬，官终柳州刺史，又称柳柳州。柳宗元诗、文皆擅。是唐宋八大家之一，其文经后人辑为三十卷，名为《柳河东集》。其诗多抒写抑郁悲愤、思乡怀友之情，幽峭冷峻，独具风格。

【解题】

该诗作于永州（今湖南零陵）。唐宪宗元和元年（806），柳宗元被贬永州，他寄情于异乡山水，作了著名的《永州八记》，并写下许多吟咏当地湖光山色的诗篇，《渔翁》就是其中之一。

【注释】

①傍：靠近。西岩：当指永州境内的西山，可参考作者《始得西山宴游记》一文。

②欸（ǎi）乃：象声词，一说指桨声，一说是人长呼之声。唐时湘中棹歌有《欸乃曲》。

③无心：陶渊明《归去来兮辞》“云无心以出岫”一般是表示庄子所说的物我两忘的境界。苏轼《书柳子厚〈渔翁〉诗》云：“诗以奇趣为宗，反常合道为趣。熟味此诗有奇趣。然其尾两句，虽不必亦可。”

【赏析】

永贞革新失败后，柳宗元被流放于西南地区，他失意于政治上的贬抑，痛愤于理想的无法实现，心情极度悲愤抑郁。柳宗元曾这样形容自己在永州时的心境：“至永州七年矣，蚤夜惶惶。”

他甚至希望："但当把锄荷锸，决溪泉为圃以给茹，其隙则浚沟池，艺树木，行歌坐钓，望青天白云，以此为适。"(《与杨诲之第二书》)因此，诗歌中所描绘的那位夜晚宿于西岩之下，晨起烧枯竹以生火，白日驾船在江中捕鱼，在青山绿水中自由放歌的渔父，在诗人眼中就是无拘无束的精神与生活的象征，是柳宗元对压抑现实的一种无声抗争。全诗画面开阔，语言生动自然，意境悠闲恬淡，但又难掩孤寂、荒寒之感。

商山早行

[五代]温庭筠

晨起动征铎[①]，客行悲故乡。鸡声茅店月，人迹板桥霜。槲叶落山路[②]，枳花明驿墙[③]。因思杜陵梦[④]，凫雁满回塘[⑤]。

【作者简介】

温庭筠(约812—约866)，本名岐，字飞卿，太原祁(今山西祁县)人。温庭筠文思敏捷，每入试，押官韵，八叉手而成八韵，所以有"温八叉"之称。然他恃才自傲，多犯忌讳，取憎于时，屡举进士不第，终生不得志，官终国子助教。温庭筠精通音律，诗、词、文兼工，与李商隐齐名，时称"温李"。其词艺术成就较高，是花间词人群体中的重要成员，与韦庄齐名，并称

“温韦”。其诗辞藻华丽，秾艳精致，内容多写闺情。后人辑有《温飞卿集》。

【解题】

商山：山名，又名楚山，在今陕西商洛市东南山阳县与丹凤县辖区交汇处。据夏承焘《温飞卿系年》，温庭筠曾于唐宣宗大中(847—860)末年离开长安，经过这里。

【注释】

①征铎：车行时悬挂在马颈上的铃铛。动征铎：震动出行的铃铛。

②槲(hú)：陕西山阳县盛长的一种落叶乔木，叶子在冬天虽枯而不落，直到春天树枝发芽时才落。

③枳(zhǐ)：一种落叶灌木或小乔木。春天开白花，果实似橘而略小，酸不可吃，可用作中药。驿墙：驿站的墙壁。驿：古时候递送公文的人或来往官员暂住、换马的场所。

④杜陵：地名，在长安城南(今陕西西安东南)，古为杜伯国，秦置杜县，汉宣帝筑陵于东原上，因名杜陵，这里指长安。

⑤凫：野鸭。雁：大雁。回塘：边岸曲折的池塘。

【赏析】

唐宋时人由于赶考、做官等原因，常奔波于路上，羁旅行役是诗词中的一大主题。该诗描绘了旅途中寒冷凄清的早行景色，抒发了游子去国怀乡之情，兼之还融入温庭筠身处末世的怀

才不遇之感，是文学史上写羁旅行役的名篇。

该诗的颈联“鸡声茅店月，人迹板桥霜”尤其为人所称道。诗人观察细致，感受敏锐，选用鸡鸣、茅店、月亮、人迹、板桥、霜这数种秋日早行旅人常见的事物，将这些名词缀在一起，构成了一幅早行图，无一虚字，与马致远《秋思》中的“枯藤老树昏鸦，小桥流水人家”有异曲同工之妙。这一景色，却勾起了作者的思乡之情。但人在旅途，身不由己。旅途之清苦，离家之悲伤，思乡之情迫，都只能满藏于心底，化成了默默赶路的脚步。

鲁山山行

[宋]梅尧臣

适与野情惬①，千山高复低。好峰随处改，幽径独行迷。霜落熊升树②，林空鹿饮溪。人家在何许？云外一声鸡③。

【作者简介】

见《汝坟贫女》。

【解题】

鲁山：一名露山，在河南鲁山县东北，接近襄城县境。该诗作于宋仁宗康定元年(1040)。

【注释】

①适:恰好。野情:喜爱山野之情。惬:满足。

②熊升树:熊爬上树。一作大熊星座升上树梢。

③云外:形容遥远。一声鸡:暗示有人家。

【赏析】

梅尧臣善于“状难写之景如在目前,含不尽之意见于言外”(欧阳修《六一诗话》),该诗写作者行于鲁山山中所见之景,表达了诗人的惬意心情。首联总起全诗,写作者行于鲁山时的愉悦心情,他发自内心地欣赏这些野景、野趣。颔联进一步写“山行”,山中之路曲折幽静,山峰亦随诗人的脚步随处改换。颈联“霜落熊升树,林空鹿饮溪”两句是该诗中最广为传诵的名句,作者已经行至深山之中,山中动物怡然自得,作者也兴致勃勃地欣赏着这些野景。尾联“云外一声鸡”与杜牧“白云生处有人家”(《山行》)有异曲同工之妙。全诗对仗工整,平淡之中时露精心,写出了山林的幽美安静和诗人行走于山林中的盎然兴致。

西江月

[宋]苏　轼

顷在黄州,春夜行蕲水中[①],过酒家饮,酒醉,乘月至一溪桥上,解鞍曲肱,醉卧少休。及觉已晓,乱山攒拥,流水锵然,疑非尘世也。书此语桥柱上。

照野弥弥浅浪[2]，横空隐隐层霄[3]。障泥未解玉骢骄[4]，我欲醉眠芳草。　　可惜一溪风月，莫教踏碎琼瑶[5]。解鞍欹枕绿杨桥，杜宇一声春晓。

【作者简介】

见《荔枝叹》。

【解题】

此词作于苏轼贬谪黄州期间。

【注释】

①蕲水：水名，流经湖北蕲春县境，在黄州附近。

②弥弥：水波翻动的样子。

③层霄：弥漫的云气。

④障泥：用锦或布制作的马鞯，垫在马鞍之下，一直垂到马腹两边，以遮尘土。《晋书·王济传》载："济善解马性，尝乘一马，著连钱障泥，前有水，终不肯渡。济曰：'此必是惜障泥。'使人解去，便渡。"玉骢：良马。

⑤琼瑶：美玉。这里形容月亮在水中的倒影。

【赏析】

苏轼被贬黄州团练副使期间，过着亲自躬耕的生活。"去年东坡拾瓦砾，自种黄桑三百尺。今年刈草盖雪堂，日炙风吹面如墨。"(《次韵孔毅甫久旱已而甚雨三首》)黄州虽然狭小贫瘠，但苏轼却有无限的闲暇时间，加上当地美好的山水、丰富的人文历史，使得苏轼的人生态度、文学风格都有了明显的变化，他在这里写下了许多优秀作品，文学创作得以升华。

该词上阕写词人路上所见，以及词人的醉态，下阕写词人对美好景物的怜惜之情，全词描绘了一幅诗情画意的溪山图，表达了作者物我两忘、超然世外的情怀。

登快阁

[宋]黄庭坚

痴儿了却公家事[1]，快阁东西倚晚晴。落木千山天远大[2]，澄江一道月分明[3]。朱弦已为佳人绝[4]，青眼聊因美酒横[5]。万里归船弄长笛，此心吾与白鸥盟[6]。

【作者简介】

黄庭坚(1045—1105)，字鲁直，号山谷道人，晚号涪翁，洪州分宁(今江西省九江市修水县)人。黄庭坚幼年便聪颖过人，宋治平四年(1067)中进士，历任汝州叶县县尉、国子监教授、校书郎、《神宗实录》检讨官等职，后卷入新旧党争，屡遭谤讪，死于广西宜州贬所。黄庭坚与张耒、晁补之、秦观都游学于苏轼门下，合称为“苏门四学士”。他是北宋著名文学家、书法家。诗歌讲究“无一字无来处”“点铁成金”，诗风瘦硬，开创了江西诗派，影响了北宋后期及南宋的诗歌发展轨迹。书法亦能独树一帜，为“宋四家”之一。有《山谷集》。

【解题】

快阁：在吉州泰和县（今属江西）东澄江（赣江）之上。此诗作于宋神宗元丰五年（1082），时黄庭坚任吉州泰和县知县，公事之余，诗人常登览快阁，遂作此诗。

【注释】

①痴儿：作者自指。了却：完成。《晋书·傅咸传》载夏侯济之语：“生子痴，了官事，官事未易了也。了事正坐痴，复为快耳！”

②落木：落叶。此句化用杜甫《登高》中“无边落木萧萧下，不尽长江滚滚来”句。

③澄江：指赣江。澄：澄澈，清澈。此句化用谢朓《晚登三山还望京邑》诗中“余霞散成绮，澄江静如练”句。

④朱弦：这里指琴。佳人：美人，此处引申为知己、知音。《吕氏春秋·本味篇》载：“钟子期死，伯牙破琴绝弦，终身不复鼓琴，以为世无足复为鼓琴者。”

⑤青眼：黑色的眼珠在眼眶中间，青眼看人则是表示对人的喜爱或重视、尊重，指正眼看人。白眼指露出眼白，表示轻蔑。聊：姑且。此句引用阮籍青白眼之事。《晋书·阮籍传》载阮籍善为青白眼，他“见礼俗之士，以白眼对之”，见所悦之人“乃见青眼”。

⑥与白鸥盟：指无利禄之心，借指归隐。

【赏析】

唐代是诗歌的高峰，“宋人生唐后，开辟真难为”。黄庭坚却独出机杼，将心智倾注于诗文之中，成为最能代表宋诗特色和成就的诗人之一。

本诗是黄庭坚在泰和知县任上所作的。全诗写他在公事之余，登上澄江边的快阁，饱览快阁周边景色，从而生出归隐之思。全诗化用了杜甫、谢朓等人的诗歌，融入阮籍、伯牙等人的典故，可谓“无一字无来处”，然又能巧妙地将前人诗文中的词语、典故，加以陶冶点化，化陈为新，使之在自己的诗句中融化无迹，可谓点铁成金。全诗意境开阔，用典贴切，充分显示了黄庭坚诗歌的特色。

过松源晨炊漆公店

［宋］杨万里

莫言下岭便无难[①]，赚得行人空喜欢。正入万山圈子里，一山放过一山拦。

【作者简介】

杨万里(1127—1206)，字廷秀，号诚斋。吉州吉水(今江西省吉水县)人。因宋光宗曾为其亲书“诚斋”二字，故被称为“诚

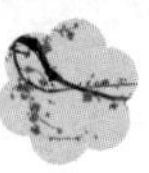

斋先生”。绍兴年间进士，历仕孝宗、光宗、宁宗朝，曾使金，以宝谟阁学士致仕。工诗，初学江西诗派，后自成一家，创造了语言浅近明白、风格清新自然、富有幽默情趣的“诚斋体”，与陆游、尤袤、范成大并称为“中兴四大诗人”。有《诚斋集》等。

【解题】

松源、漆公店：地名，在今皖南山区。

【注释】

①莫言：不要说。

【赏析】

杨万里极善于发现且捕捉自然及日常生活中一般人没有注意到和描写的富有情趣与美感的景象，并用通俗生动且饶有理趣的语言表达出来。该诗即是如此。

该诗抒发的是诗人下山的感受，诗人用了“莫言”“赚得”“空喜欢”等语，轻松自然地把“上山容易下山难”的感受写了出来。后两句中“一山放过一山拦”把连绵不断的山写得活灵活现，正好消解群山给旅人带来的疲惫感。此诗虽句句写山，却很容易让人联想到人生，充分体现了宋诗“主理”的特点。

备选篇目

野　望

［唐］王　绩

东皋薄暮望，徙倚欲何依。树树皆秋色，山山唯落晖。牧人驱犊返，猎马带禽归。相顾无相识，长歌怀采薇。

桃花溪

［唐］张　旭

隐隐飞桥隔野烟，石矶西畔问渔船。桃花尽日随流水，洞在清溪何处边。

终南山

［唐］王　维

太乙近天都，连山到海隅。白云回望合，青霭入看无。分野中峰变，阴晴众壑殊。欲投人处宿，隔水问樵夫。

题破山寺后禅院

［唐］常　建

清晨入古寺，初日照高林。曲径通幽处，禅房花木深。山光悦鸟性，潭影空人心。万籁此都寂，但余钟磬音。

秋郊作

［唐］韦应物

清露澄境远，旭日照林初。一望秋山净，萧条形迹疏。登原忻时稼，采菊行故墟。方愿沮溺耦，淡泊守田庐。

题李凝幽居

［唐］贾　岛

闲居少邻并，草径入荒园。鸟宿池边树，僧敲月下门。过桥分野色，移石动云根。暂去还来此，幽期不负言。

村　行

［宋］王禹偁

马穿山径菊初黄，信马悠悠野兴长。万壑有声含晚籁，数峰无语立斜阳。棠梨叶落胭脂色，荞麦花开白雪香。何事吟余忽惆怅，村桥原树似吾乡。

浣溪沙

［宋］晏　殊

一曲新词酒一杯，去年天气旧亭台，夕阳西下几时回。无可奈何花落去，似曾相识燕归来，小园香径独徘徊。

淮中晚泊犊头

［宋］苏舜钦

春阴垂野草青青，时有幽花一树明。晚泊孤舟古祠下，满川风雨看潮生。

三衢道中

［宋］曾　几

梅子黄时日日晴，小溪泛尽却山行。绿阴不减来时路，添得黄鹂四五声。

西江月·夜行黄沙道中

［宋］辛弃疾

明月别枝惊鹊，清风半夜鸣蝉。稻花香里说丰年，听取蛙声一片。　　七八个星天外，两三点雨山前。旧时茅店社林边，路转溪桥忽见。

约　客

［宋］赵师秀

黄梅时节家家雨，青草池塘处处蛙。有约不来过夜半，闲敲棋子落灯花。

咏史感怀篇

中国历史悠久，名胜古迹遍地，观历史可以知兴废。诗歌与历史的结合是中国古典文学的一个优良传统，也是丰富诗歌内容、推动诗歌不断前进的重要因素。文人通过诗歌的形式，对历史人物、历史事件等进行叙述、评价、凭吊。咏史诗在汉魏六朝得到发展，在唐代得以兴盛。

晚唐时期，唐帝国呈现衰败之势。宦官专权、藩镇割据、牛李党争等不良现象涌现，使得唐王朝陷入无可挽回的危机中。生活于其中的文人前途暗淡，理想、信念丧失，整个时代笼上一层抑郁与悲凉的色彩。国事无望、个人无着、现实黑暗等促使文人将目光投向历史，期待从历史中寻找答案，宽慰自己。咏史诗至晚唐终于全面成熟，数量众多，名作迭起，大放异彩。

至宋朝，宋人“以议论为诗”“以才学为诗”的创作特点使得咏史诗中的议论因素增强，宋代咏史诗进一步发展，且出现了新变。随着唐宋词的发展，咏史感怀的词作也不断出现。

咏史并非是咏史诗词的主要目的，文人们往往借咏史来阐述时移世易，以寄托个人怀抱。他们或通过咏史感叹兴废缘由，或仰慕古人历史成就从而慨叹个人之不遇，或阐述历史事实发现其中规律，或为历史翻案抒发自己的观点。本篇通过选取不同时期、不同作家、不同类型的咏史诗，让读者来了解咏史诗，并感受其魅力。

古　风(其十五)

[唐]李　白

燕昭延郭隗[1],遂筑黄金台[2]。剧辛方赵至[3],邹衍复齐来[4]。奈何青云士[5],弃我如尘埃。珠玉买歌笑,糟糠养贤才。方知黄鹤举[6],千里独徘徊[7]。

【作者简介】

见《将进酒》。

【解题】

李白《古风》诗共五十九首,这组五言古诗并非一时所作,内容丰富,此诗为第十五首。

【注释】

①燕昭:指燕昭王。延:聘请。郭隗:战国时燕国人。据《史记·燕昭公世家》载,战国时,燕国土地被齐国袭破,燕昭王欲报仇雪耻,屈身重礼招纳天下贤士。他去请教郭隗,郭隗说:"要想招致四方贤士,不如先从我开始,这样贤于我的人就会不远千里前来归附。"于是昭王修筑宫室给郭隗居住,像对待老师一样尊重他。此后著名游士乐毅、邹衍、剧辛等都相继来到燕国。

②黄金台:故址在今河北易县东南。传燕昭王曾置千金于台上,以延揽天下之士。

③剧辛:燕将,原为赵国人,燕昭王招徕天下贤士时,由赵入燕。

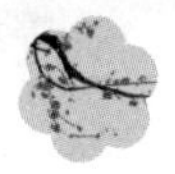

④邹衍：战国时著名哲学家，齐国人。

⑤奈何：怎么。青云士：指身居高位的达官贵人。《史记·伯夷列传》载："闾巷之人欲砥行立名者，非附青云之士，恶能施于后世者！"

⑥举：高飞。黄鹤：又作黄鹄，相传春秋时鲁国人田饶因鲁哀公昏庸不明，自比为"一举千里"的黄鹄，用"黄鹄举矣"，表示要离开鲁国。

⑦徘徊：一作"裴回"。

【赏析】

这是一首以古讽今、寄慨抒怀的五言古诗。前四句写战国时燕昭王求贤的故事，燕昭王礼遇贤士的事迹一直令后世怀才不遇者向往。后四句批评现实，达官贵人视下层士人如尘埃。李白唯有别谋出路，却又心生茫然，"千里独徘徊"一句引人深思，含蕴无穷。通过全诗，李白感叹了权贵对贤才的漠视，抒发了怀才不遇之情。

蜀相

[唐]杜　甫

丞相祠堂何处寻①？锦官城外柏森森②。映阶碧草自春色，隔叶黄鹂空好音。③三顾频烦天下计，两朝开济老臣心④。出师未捷身先死⑤，长使英雄泪满襟。

【作者简介】

见《春望》。

【解题】

蜀相：三国蜀汉丞相，指诸葛亮。诗题下有注：诸葛亮祠在昭烈庙西。该诗作于唐肃宗上元元年(760)春，其时，杜甫结束了颠沛流离的生活后，来到成都，在朋友的资助下，定居浣花溪畔。成都城西北有纪念诸葛亮的武侯祠，作者探访了诸葛武侯祠，作此诗。

【注释】

①丞相祠堂：诸葛武侯祠，在现在的成都。

②锦官城：成都。

③“映阶”两句：写祠内景物。“自”“空”二字是说碧草不过自为春色，黄鹂不过空作好音，诗人并无心赏玩、倾听。

④两朝：刘备、刘禅父子两朝。开：开创。济：扶助。

⑤“出师”句：出兵还没有取得最后的胜利就先去世了。诸葛亮于蜀建兴十二年(234)卒于五丈原(今陕西岐山东南)军中，他曾多次出兵伐魏，未能取胜。

【赏析】

蜀汉章武元年(221)，刘备在成都称帝，国号汉，任命诸葛亮为丞相。诸葛亮作为丞相为国尽忠，他鞠躬尽瘁死而后已的精神一直被后世景仰。杜甫忧国忧民，他目睹安史之乱后，国家由治而乱，对诸葛亮非常仰慕，全诗即抒发了诗人对诸葛亮的崇敬之情，以及对诸葛亮“出师未捷身先死”而功败垂成的惋惜和无限感慨。经由杜甫的感慨，“出师未捷身先死，长使英雄泪满襟”一联也让无数人黯然。

西塞山怀古

［唐］刘禹锡

王濬楼船下益州[①]，金陵王气黯然收。千寻铁锁沉江底[②]，一片降幡出石头[③]。人世几回伤往事，山形依旧枕寒流。今逢四海为家日[④]，故垒萧萧芦荻秋。

【作者简介】

见《望洞庭》。

【解题】

西塞山：位于今湖北省黄石市，又名道士洑，山体突出到长江中，形成长江弯道，站在山顶犹如身临江中。该诗作于唐穆宗长庆四年(824)，是年，刘禹锡由夔州(今重庆奉节)刺史调任和州(今安徽和县)刺史，途径西塞山，抚今追昔，写下此诗。

【注释】

①王濬：晋益州刺史。益州：晋时郡治在今成都。晋武帝谋伐吴，派王濬造大船，出巴蜀，船上以木为城，起楼，每船可容二

千余人。

②“千寻”句：东吴末帝孙皓命人在江中用大铁索横于江面，拦截晋船，终失败。

③“一片”句：王濬率船队从武昌顺流而下，直到金陵，攻破石头城，东吴末帝孙皓到营门投降。

④四海为家：指国家统一，旧时的壁垒早已荒芜。

【赏析】

该诗是刘禹锡咏史感怀的名作。前四句，写西晋灭吴的历史故事，西晋太康元年(280)，晋武帝司马炎命王濬率领以高大的战船组成的水军，顺江而下讨伐东吴。诗人写出了战争的过程和战争的结果，同时阐明了国家的统一是必然趋势。诗歌的后四句则回到西塞山上，写出西塞山之所以有名，是因为它曾经的战略地位，而今山形依旧，江水东流，可是时移世易，往日的军事要塞已经荒废在一片芦苇之中。

全诗纵横捭阖，诗人在客观叙述史实的同时，也将自己的思想寓于其中。

赤　壁

［唐］杜　牧

折戟沉沙铁未销[①]，自将磨洗认前朝[②]。东风不与周郎便[③]，铜雀春深锁二乔[④]。

【作者简介】

见《遣怀》。

【解题】

赤壁，在今湖北省鄂州市西南，是三国魏蜀吴交战的古战场。杜牧有感于三国事迹，遂作此诗。

【注释】

①折戟：折断的戟。戟：古代兵器。销：销蚀。

②将：拿起。磨洗：磨光洗净。

③周郎：指周瑜，字公瑾，任吴军大都督，是赤壁之战中的主要人物。

④铜雀：铜雀台，曹操在今河北省临漳县建造的一座楼台，楼顶有大铜雀，台上住姬妾歌妓。二乔：东吴乔公的两个女儿，一嫁孙策（孙权兄），称大乔，一嫁周瑜，称小乔。

【赏析】

晚唐咏史诗作家、作品众多，杜牧也极擅咏史感怀类诗歌的创作。该诗是诗人凭吊赤壁古战场所写的。前两句诗人以三国时期的战戟自然而然引入当年的那段历史，后两句诗人发出议论：当年的赤壁之战，周瑜凭借东风之利大败曹军，成就了以少胜多的佳话。杜牧此处并未顺势赞美这位少年英雄，而是转而设想，假如当年没有东风助力，后果将不堪设想。杜牧此种议论，现在看来也许考虑不够全面，但颇为新颖大胆，也被认为在一定程度上开了宋诗爱议论的先河。

贾 生

[唐]李商隐

宣室求贤访逐臣[1],贾生才调更无伦[2]。可怜夜半虚前席[3],不问苍生问鬼神。

【作者简介】

见《马嵬(其二)》。

【解题】

贾生:贾谊(前 200—前 168),西汉著名的政论家、文学家,他力主改革弊政,却遭谗被贬,一生怀才不遇,抑郁不得志。

【注释】

①宣室:汉代长安城中未央宫前殿的正室。逐臣:被放逐之臣,指贾谊。

②才调:才华气质。无伦:无与伦比。

③可怜:可惜,可叹。

【赏析】

据《史记·屈贾列传》载:“贾生征见。孝文帝方受厘,坐宣室。上因感鬼神事,而问鬼神之本。贾生因具道所以然之状。至夜半,文帝前席。既罢,曰:‘吾久不见贾生,自以为过之,今不及也。’”司马迁所载即李商隐所叹之事。贾谊的怀才不遇是人皆知晓之事,而李商隐则选取了这一个细节来写。

第一、二句“宣室求贤访逐臣，贾生才调更无伦”写皇帝的求才若渴，以及贾谊的青年才俊。而第三、四句则用“可怜”一词，笔锋一转，转而讽刺皇帝到处访求人才，却对治国方略毫无兴趣，只专心于鬼神之说。而这首诗中的皇帝，未尝不是当时那些信奉求仙得道的皇帝的影子。全诗通过先抑后扬，达到了别出心裁的效果。

台　城

[五代]韦　庄

江雨霏霏江草齐[①]，六朝如梦鸟空啼[②]。无情最是台城柳，依旧烟笼十里堤。

【作者简介】

韦庄（约 836—约 910），字端己，长安杜陵（今陕西西安附近）人，苏州刺史韦应物四世孙。韦庄少孤贫力学，才敏过人，多次应举不第。适逢晚唐五代乱世，他漂泊于东南、西南各地，晚年寓居蜀地。韦庄工诗词，词风疏朗清新，与温庭筠同为花间词人代表作家，并称“温韦”。有《浣花集》。

【解题】

台城：也称苑城，在今南京市鸡鸣山南，原是三国时代吴国的后苑，东晋成帝时改建。从东晋到南朝结束，这里一直是朝廷台省和皇宫所在地，既是政治中枢，又是帝王享乐的场所。该诗写于中和三年(883)，是年，诗人客游江南，于金陵凭吊六朝遗迹，遂作此诗。

【注释】

①霏霏：细雨纷纷的样子。

②六朝：指孙吴、东晋、宋、齐、梁、陈。

【赏析】

金陵(今南京)在六朝时被称为建康、建业，是当时的都城，也是皇宫所在和王公大臣生活之地。六朝时期政权更迭频繁，战乱不断，而金陵则是乱世中的一片乐土，整个城市得以繁荣发展。在唐、宋时人看来，六朝往事如烟云，而六朝故都的金陵作为历史的见证，留下了许多遗迹，让人唏嘘不已，因此，终唐、宋二朝，以金陵为对象的咏史感怀诗词屡见不鲜。

本诗前两句写金陵的景象，然“如梦”“空啼”等词时时提醒众人，这座城市的光荣和繁华已经成为过去。后两句写柳树，柳树如烟，似乎是这座城市旧日荣光的见证。韦庄此诗是写六朝，其实也在感慨诗人自己所生活的晚唐五代。

念奴娇·赤壁怀古

[宋]苏　轼

大江东去，浪淘尽，千古风流人物①。故垒西边②，人道是、三国周郎赤壁③。乱石穿空，惊涛拍岸，卷起千堆雪。江山如画，一时多少豪杰。　　遥想公瑾当年，小乔初嫁了④，雄姿英发。羽扇纶巾⑤，谈笑间、樯橹灰飞烟灭⑥。故国神游，多情应笑我，早生华发⑦。人生如梦，一尊还酹江月⑧。

【作者简介】

见《荔枝叹》。

【解题】

念奴娇：又名“百字令”“酹江月”等。赤壁：此指黄州赤壁，在今湖北黄冈西。但苏轼所咏赤壁并非真正赤壁之战的发生地，一般认为三国古战场的赤壁在今湖北赤壁市蒲圻县西北。

【注释】

①风流人物：指杰出的历史名人。

②故垒：过去遗留下来的营垒。

③周郎：指周瑜，字公瑾，少年得志，二十四岁为中郎将，掌管东吴重兵，吴中皆呼为“周郎”。

④小乔初嫁了：《三国志·吴志·周瑜传》载，周瑜从孙策攻

皖，“得桥公两女，皆国色也。策自纳大桥，瑜纳小桥”。乔：本作“桥”。

⑤羽扇纶巾：古代儒将的便装打扮。羽扇：羽毛制成的扇子。纶巾：青丝制成的头巾。

⑥樯橹：代指曹操的水军战船。樯：挂帆的桅杆。橹：一种摇船的桨。

⑦华发：花白的头发。

⑧尊：同“樽”，酒杯。

【赏析】

今湖北省内有四处地名同称赤壁者，除赤壁市外，另三处在黄冈、武昌、汉阳附近。苏轼所游是黄冈赤壁。该词是苏轼的登临怀古之作，抒发了词人对昔日英雄人物的无限怀念、敬仰以及他对自己坎坷人生的感慨。

词的上阕写赤壁之景，通过“乱石”“惊涛”等句绘出江水奔腾的景象，而一句“江山如画，多少英雄豪杰”很自然地从景过渡到人身上，引出词人要感慨的主要对象，即年少有为的周瑜。词人极力绘出周瑜的意气风发——小乔初嫁、敌方樯橹灰飞烟灭，意在通过周瑜来反衬自己的沉沦下僚。然而，在词作最后，词人又进一步展开：纵然少年得志如周瑜又如何呢？还不是被历史湮灭？既然人生如梦，自己又何须失去信心和自我呢？

明妃曲（其一）

［宋］王安石

明妃初出汉宫时，泪湿春风鬓脚垂①。低徊顾影无颜色，尚得君王不自持②。归来却怪丹青手③，入眼平生几曾有；意态由来画不成，当时枉杀毛延寿。一去心知更不归，可怜着尽汉宫衣④；寄声欲问塞南事，只有年年鸿雁飞。家人万里传消息，好在毡城莫相忆⑤；君不见咫尺长门闭阿娇⑥，人生失意无南北。

【作者简介】

见《登飞来峰》。

【解题】

明妃：王昭君，汉元帝宫女。晋人避司马昭讳，改昭为明，后人沿用。本诗即书王昭君之事。

【注释】

①春风：比喻面容之美。杜甫《咏怀古迹五首》中咏昭君一首有“画图省识春风面”之句。

②不自持：不能控制自己的感情。

③丹青手：指画师毛延寿。

④着尽汉宫衣：指昭君仍全身穿着汉服。

⑤毡城：指匈奴王宫。

⑥长门:汉宫名。阿娇:陈皇后小名。西汉武帝曾将陈皇后幽禁于长门宫。

【赏析】

《明妃曲》是王安石咏史感怀诗的代表作,在北宋当时即引起一些回响和讨论。王昭君是历史上的悲剧人物,在王安石之前,已经出现了不少相关诗词作品,但其多着意于明妃之美貌及其被埋没之不幸。而王安石反其道而行之,以"意态由来画不成,当时枉杀毛延寿"一句来写昭君之美并非在表象,而在其意态,且顺势为毛延寿平反。王安石此说可谓相当新颖,不同流俗。与他人不同的是,王安石还极力突出昭君对汉朝的忠诚,她去了匈奴领地,却仍然"着尽汉宫衣",关心国内之事。王安石进一步用陈阿娇的典故来讽刺君王的薄情,颂扬昭君在离乡去国后,仍不易初心。

王安石的《明妃曲》在刻画昭君时,重点抓住她的"意态"来写,突出她的心理,同时,结尾的感慨中隐隐可见诗人自我的影子。

夏日绝句

[宋]李清照

生当作人杰①，死亦为鬼雄②。至今思项羽，不肯过江东③。

【作者简介】

李清照（1084—约 1155），号易安居士，山东省济南章丘人。出身书香门第，其父李格非有《洛阳名园记》，丈夫赵明诚是金石学家。以靖康之难为界，李清照的人生分成截然不同的两部分。前期生活优裕，后期国破家亡，孤独终老。李清照善词，主张词"别是一家"，强调协律，崇尚典重、高雅、浑成。她所作词，前期词风格清丽明快，多写其少女、少妇时期的悠闲生活；后期词多悲叹身世，顾影自怜，呈现出凄凉、伤感的风格。其词被称为"易安体"，后人辑有《漱玉词》。

【解题】

该诗作于钦宗靖康二年（1127）。"靖康之难"后，李清照由山东往南奔，路过乌江时，有感于项羽的悲壮，创作此诗。

【注释】

①人杰：人中豪杰。汉高祖曾称赞开国功臣张良、萧何、韩信是"人杰"。

②鬼雄：鬼中的英雄。屈原《国殇》载："身既死兮神以灵，子

魂魄兮为鬼雄。”

③江东：项羽当初随叔父项梁起兵的地方。

【赏析】

“靖康之难”发生后，赵构率众往南奔，以杭州为都城，建立南宋。李清照对北宋之亡深感悲愤，她以项羽之“不肯”过江东，讽刺当时朝廷放弃抵抗的行为。

李清照此咏史诗短小、有力，震撼人心。

永遇乐・京口北固亭怀古

［宋］辛弃疾

千古江山，英雄无觅，孙仲谋处[①]。舞榭歌台，风流总被，雨打风吹去。斜阳草树，寻常巷陌，人道寄奴曾住[②]。想当年，金戈铁马，气吞万里如虎。　　元嘉草草[③]，封狼居胥[④]，赢得仓皇北顾。四十三年[⑤]，望中犹记，烽火扬州路。可堪回首，佛狸祠下[⑥]，一片神鸦社鼓[⑦]。凭谁问，廉颇老矣，尚能饭否？

【作者简介】

见《菩萨蛮・书江西造口壁》。

【解题】

京口：城名，即今江苏镇江，因临京岘山、长江口而得名。这首词写于宋宁宗开禧元年(1205),辛弃疾调任镇江知府,他来到京口北固亭,感慨万千,写下此词。

【注释】

①孙仲谋:三国时的吴王孙权,字仲谋,曾建都京口。

②寄奴:南朝宋武帝刘裕小名。刘裕(363—422),字德舆,小名寄奴,南北朝时期宋朝的建立者,史称宋武帝。

③元嘉:刘裕子刘义隆年号。草草:轻率。

④封狼居胥:汉武帝元狩四年(前119),霍去病远征匈奴,歼敌七万余,封狼居胥山而还。狼居胥山,在今蒙古境内。

⑤四十三年:作者于宋高宗绍兴三十二年(1162)南归,到写该词时正好为四十三年。

⑥佛(bì)狸祠:佛狸,北魏太武帝拓跋焘小名。拓跋焘在打败南朝刘宋王玄谟军队后,追至长江北岸,在瓜埠山上建立行宫,后称佛狸祠。

⑦神鸦:指在庙里吃祭品的乌鸦。社鼓:祭祀时的鼓声。

【赏析】

南宋宁宗朝,权臣韩侂胄执政,积极筹划北伐,甚至启用了主战的辛弃疾。辛弃疾被启用为浙东安抚使,旋又被调任为镇江知府,然而,对于此次北伐,身经百战的辛弃疾却并不看好。他在这一首《永遇乐·京口北固亭怀古》中通过刘义隆的事件来反思、告诫当权者不能草率北伐,鲁莽行事,否则必然会招来失败。

全词用典贴切自然，既借古抒怀，又借古讽今，风格苍凉悲壮，豪中呈郁，明代杨慎在《词品》中说："辛词当以京口北固亭怀古《永遇乐》为第一。"

备选篇目

滕王阁

［唐］王　勃

滕王高阁临江渚，佩玉鸣鸾罢歌舞。画栋朝飞南浦云，珠帘暮卷西山雨。闲云潭影日悠悠，物换星移几度秋。阁中帝子今何在？槛外长江空自流。

乌衣巷

［唐］刘禹锡

朱雀桥边野草花，乌衣巷口夕阳斜。旧时王谢堂前燕，飞入寻常百姓家。

题宣州开元寺水阁阁下宛溪夹溪居人

［唐］杜　牧

六朝文物草连空，天淡云闲今古同。鸟去鸟来山色里，人歌人哭水声中。深秋帘幕千家雨，落日楼台一笛风。惆怅无日见范蠡，参差烟树五湖东。

隋　宫

［唐］李商隐

紫泉宫殿锁烟霞，欲取芜城作帝家。玉玺不缘归日角，锦帆应是到天涯。于今腐草无萤火，终古垂杨有暮鸦。地下若逢陈后主，岂宜重问后庭花。

西　施

［唐］罗　隐

家国兴亡自有时，吴人何苦怨西施。西施若解倾吴国，越国亡来又是谁？

咏史诗·姑苏台

［唐］胡　曾

吴王恃霸弃雄才，贪向姑苏醉醁醅。不觉钱塘江上月，一宵西送越兵来。

汉　武

［宋］刘　筠

汉武高台切绛河，半涵非雾郁嵯峨。桑田欲看他年变，瓠子先成此日歌。夏鼎几迁空象物，秦桥未就已沉波。相如作赋徒能讽，却助飘飘逸气多。

桂枝香·金陵怀古

[宋]王安石

登临送目，正故国晚秋，天气初肃。千里澄江似练，翠峰如簇。归帆去棹残阳里，背西风，酒旗斜矗。彩舟云淡，星河鹭起，画图难足。　　念往昔，繁华竞逐，叹门外楼头，悲恨相续。千古凭高对此，谩嗟荣辱。六朝旧事随流水，但寒烟、衰草凝绿。至今商女，时时犹唱，后庭遗曲。

孔　明

[宋]曾　巩

称吴称魏已纷纷，渭水西边独汉臣。平日将军不三顾，寻常田里带经人。

水调歌头·和庞佑父

[宋]张孝祥

雪洗虏尘静，风约楚云留。何人为写悲壮？吹角古城楼。湖海平生豪气，关塞如今风景，剪烛看吴钩。剩喜燃犀处，骇浪与天浮。　　忆当年，周与谢，富春秋，小乔初嫁，香囊未解，勋业故优游。赤壁矶头落照，肥水桥边衰草，渺渺唤人愁。我欲乘风去，击楫誓中流。

扬州慢

[宋]姜　夔

淳熙丙申至日，余过维扬。夜雪初霁，荠麦弥望。入其城，则四顾萧条，寒水自碧，暮色渐起，戍角悲吟。予怀怆然，感慨今昔，因自度此曲。千岩老人以为有《黍离》之悲也。

淮左名都，竹西佳处，解鞍少驻初程。过春风十里，尽荠麦青青。自胡马窥江去后，废池乔木，犹厌言兵。渐黄昏，清角吹寒，都在空城。　　杜郎俊赏，算而今、重到须惊。纵豆蔻词工，青楼梦好，难赋深情。二十四桥仍在，波心荡、冷月无声。念桥边红药，年年知为谁生？

绿　珠

[宋]刘克庄

畏死仕新室，轻生谢季伦。细评投阁者，大愧坠楼人。

咏物感兴篇

咏物诗词，是以“物”为吟咏对象的诗词。常见的主要吟咏之物有植物、动物、器具、自然现象等。在以“物”为吟咏对象的同时，作者们往往将主观感情和意识投射其中，通过对“物”的描摹来寄托自己的个性与情感。自《诗经》《楚辞》始，人们便注意到了某些“物”可以抽离出某种品质，并与之进行类比，王逸《楚辞章句》序言中有一段著名的话：“《离骚》之文，依《诗》取兴，引类譬喻。故善鸟香草，以配忠贞；恶禽臭物，以比谗佞；灵修美人，以媲于君；宓妃佚女，以譬贤臣；虬龙鸾凤，以托君子；飘风云霓，以为小人。”而读者在阅读这些诗词作品时，也往往着意于探究作者通过此“物”所寄托、抒发的情感。

至唐宋时期，咏物诗词高度发展，吟咏范围不断开拓，艺术手法丰富多样，作家、作品众多。本篇选取了不同题材、不同角度的经典唐宋咏物诗词，阅读这些传神写意的作品，解析其背后所展现的诗人自我形象，可以看到唐宋文人的生活情趣、艺术个性，可以感受其人格魅力、人生态度。

在狱咏蝉

[唐]骆宾王

余禁所禁垣西，是法厅事也，有古槐数株焉。虽生意可知，同殷仲文之古树；而听讼斯在，即周召伯之甘棠，每至夕照低阴，秋蝉疏引，发声幽息，有切尝闻，岂人心异于曩时，将虫响悲于前听？嗟乎，声以动容，德以象贤。故洁其身也，禀君子达人之高行；蜕其皮也，有仙都羽化之灵姿。候时而来，顺阴阳之数；应节为变，审藏用之机。有目斯开，不以道昏而昧其视；有翼自薄，不以俗厚而易其真。吟乔树之微风，韵姿天纵；饮高秋之坠露，清畏人知。仆失路艰虞，遭时徽𬘘。不哀伤而自怨，未摇落而先衰。闻蟪蛄之流声，悟平反之已奏；见螳螂之抱影，怯危机之未安。感而缀诗，贻诸知己。庶情沿物应，哀弱羽之飘零；道寄人知，悯余声之寂寞。非谓文墨，取代幽忧云尔。

西陆蝉声唱①，南冠客思深②。那堪玄鬓影③，来对白头吟④。露重飞难进，风多响易沉⑤。无人信高洁⑥，谁为表予心？

【作者简介】

骆宾王（约 619—约 687），字观光，婺州义乌（今浙江义乌）人。高宗永徽中为道王李元庆府属，历任长安主簿、侍御史等职，因事下狱，后除临海丞，辞官。李敬业起兵扬州，骆宾王作《代李敬业传檄天下文》，敬业败，亡命不知所之。骆宾王擅诗，与王勃、杨炯、卢照邻合称为“初唐四杰”。有《骆临海集》。

【解题】

本诗作于唐高宗仪凤三年(678)，刚升为侍御史的骆宾王因上疏论事触忤武后，以贪赃罪名下狱，此诗是骆宾王在狱中所作。

【注释】

①西陆：指秋天。

②南冠：楚冠，这里指囚徒。《左传·成公九年》载：“晋侯观于军府，见钟仪，问之曰：‘南冠而絷者，谁也？’有司对曰：‘郑人所献楚囚也。’”深：一作“侵”。

③玄鬓：指蝉的黑色翅膀，古代妇女将鬓发梳为蝉翼之状，称之蝉鬓。这里比喻自己正当盛年。那堪：一作“不堪”。

④白头吟：乐府曲名。据《西京杂记》载，卓文君曾作《白头吟》诗：“凄凄复凄凄，嫁娶不须啼。愿得一心人，白头不相离。”

⑤响：指蝉声。沉：沉没，掩盖。

⑥高洁：清高洁白。古人认为蝉栖高饮露，是高洁之物。作者用以自喻。

【赏析】

唐代以蝉为对象的咏物诗名作有三首，分别是虞世南、骆宾王、李商隐的作品，三首诗各有千秋。《在狱咏蝉》是骆宾王的代表诗作。作此诗时，诗人由于上疏论事而身陷囹圄。在狱中，他以蝉比兴，以蝉寓己，寓情于物，抒发了自身品行高洁却"遭时徽纆"的哀怨之情，表达了辨明无辜、昭雪沉冤的愿望。

全诗情感充沛，取譬明切，语意双关，达到了物我一体的境界，是咏物诗中的名作。同时，该诗寄托遥深，在一定程度上突破了隋末唐初宫体诗的藩篱，对后来唐诗的发展起到良好的示范作用。

南轩松

［唐］李　白

南轩有孤松①，柯叶自绵幂②。清风无闲时，潇洒终日夕③。阴生古苔绿，色染秋烟碧。何当凌云霄④，直上数千尺。

【作者简介】

见《将进酒》。

【解题】

本诗作于开元年间。

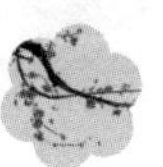

【注释】

①南轩：这里泛指朝南的窗外。

②柯叶：枝叶。绵幂：密密层层的样子。

③潇洒：洒脱。形容松树枝叶在清风中自由摆动的样子。

④何当：何日，何时。凌云霄：直上云霄。

【赏析】

本诗写南窗外的松树。诗歌的前六句，诗人重点写松树外表：它孤独自傲，枝叶绵密，整日随风摆动，潇洒自在，它的颜色如秋烟一样碧绿。诗人用铺叙的手法，描绘出一棵苍劲翠绿、昂扬向上的松树。最后两句，诗人直抒胸臆，他并不满足于孤松的潇洒自在，而是希望孤松能够上冲千尺、直上云霄。

李白笔下之物多骏马、大鹏等，很多“物”都是他自身人格的化身和理想的寄托，《南轩松》也是如此。李白希望自己、相信自己是挺立的孤松，终有一天能够“直上数千尺”，可以“凌云霄”，实现自己的崇高理想和远大抱负。

省试湘灵鼓瑟

[唐]钱　起

善鼓云和瑟[①]，常闻帝子灵[②]。冯夷空自舞[③]，楚客不堪听[④]。苦调凄金石[⑤]，清音入杳冥[⑥]。苍梧来怨慕[7]，白芷动芳馨[8]。流水传潇浦，悲风过洞庭。曲终人不见，江上数峰青。

【作者简介】

钱起(约722—780)，字仲文，吴兴(今浙江湖州市)人，大书法家怀素之叔。唐天宝十年(751)进士，历任秘书省校书郎、蓝田县尉、考功郎中、翰林学士等职，故世称“钱考功”。钱起擅诗，长于五言，词采清丽，音律和谐，与韩翃、李端、卢纶等并称为“大历十才子”，也是中唐前期诗人中文学成就较高者。有《钱考功集》存世。

【解题】

省试：唐时各州县贡士到京师参加的考试，由尚书省的礼部主试，通称省试。此诗是钱起于唐玄宗天宝十年(751)参加进士考试时所作。湘灵鼓瑟：出自《楚辞・远游》“使湘灵鼓瑟兮，令海若舞冯夷”诗句，传说舜帝死后葬在苍梧山，其妃子因哀伤而投湘水自尽，变成了湘水女神，她常常在江边鼓瑟，用瑟音表达自己的哀思。

【注释】

①鼓：一作“拊”。云和瑟：云和，古山名。《周礼・春官大司乐》载：“云和之琴瑟。”

②帝子：屈原《九歌》载：“帝子降兮北渚。”通常认为帝子是

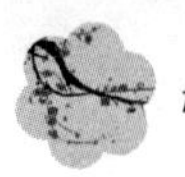

尧帝之女娥皇、女英，即舜的妻子。

③冯(píng)夷：传说中的河神名。空：一作“徒”。

④楚客：指屈原，一说指远游的旅人。

⑤凄：使……感到悲戚。金：指钟类乐器。石：指磬类乐器。

⑥杳冥：遥远的地方。

⑦苍梧：山名，在今湖南宁远县境内，又称九嶷，传说舜帝南巡，崩于苍梧，此处代指舜帝之灵。

⑧白芷：植物名，高四尺余，夏日开的小白花。

【赏析】

钱起此诗是省试时所作。省试诗有其特定的格式，要求为五言律诗，六韵十二句，并限定诗题和用韵。省试诗限定了题目和内容，又对声韵要求十分严苛，士子受多方拘束，难以创新。钱起这首《省试湘灵鼓瑟》是省试诗中难得的佳作。

全诗紧扣题目，第一、二句即点出主旨，曾听说过湘水女神擅长鼓瑟的传说。中间八句都是对瑟声的描述。作者极力渲染瑟声的感染力：远游的旅人听了情感无法自抑，河神听了会跟随音乐一起跳舞，冷漠坚硬的金石有了感情，远在南方的舜帝之灵也深为感动，白芷也吐出芬芳；瑟声传入天空，传入洞庭，传入三湘大地。诗人尽情展开想象的翅膀，把瑟声化作各种生动的形象，描绘了一个动人的神话世界。当瑟声飘散的时候，诗人以“曲中人不见，江上数峰青”戛然而止，以景结情，只在读者脑中留下湘水女神那哀怨美妙的背影和袅袅不绝的声音，最后两句堪称全诗的绝唱，出人意表，却又引人遐思。

早　梅

［唐］齐　己

万木冻欲折，孤根暖独回①。前村深雪里，昨夜一枝开②。风递幽香去③，禽窥素艳来④。明年如应律⑤，先发望春台。

【作者简介】

齐已(约 863—约 937)，出家前俗名胡德生，晚年自号衡岳沙门，潭州益阳(今属湖南宁乡)人，晚唐著名诗僧，有《白莲集》传世。

【解题】

该诗是作者于某年冬日清晨，被蜡梅所吸引而作。

【注释】

①孤根：单独的根，指梅树之根。孤：突出其独特个性。暖独回：生命力开始萌发。

②一枝：据说，齐已云游天下的时候，曾拿《早梅》诗向诗人郑谷请教。郑谷阅后，笑着说，“数枝”非早，不如“一枝”更佳。齐已听后，对郑谷肃然起敬，顶地膜拜。此后，人们便称郑谷为齐已的“一字之师”。

③递：传递。幽香：幽细的香气。

④素艳：洁白妍丽，这里指白梅。

⑤应律：古代律制分十二律，有“六律”“六吕”，即黄钟、大吕等。古人以十二律推测气候，此处“应律”指季节。

【赏析】

诗人以“万木冻欲折，孤根暖独回”句开篇，以“万木”与梅花“孤根”相对比，虽有刻意夸张之嫌，但将梅花之孤高及诗题之“早”字都写了出来。颔联和颈联则描绘出山村中一只白梅独自开放的清丽景色，其素妍而幽香，惹人怜爱，更显出此梅的不同寻常。结句作者对梅花仔细叮咛：“明年若开放，请应时而发。”全诗以清丽的语言、含蓄蕴藉的笔端，描绘了早梅素雅、孤高的风韵，它不畏严寒，独自盛开。同时，诗人也在借物喻己，借物感兴，展露自己的怀才不遇之情。

蜂

[唐]罗　隐

不论平地与山尖[①]，无限风光尽被占[②]。采得百花成蜜后，为谁辛苦为谁甜？

【作者简介】

罗隐(833—909)，字昭谏，新城(今杭州富阳新登镇)人。大中十三年(859)底至京师,应进士试,多年应试不第,史称"十上不第"。尝自编其文为《谗书》。黄巢起义后,避乱隐居九华山,后归乡依吴越王钱镠,历任钱塘令、司勋郎中、给事中等职。五代后梁开平三年(909)去世。

【解题】

作者以此诗讽喻不劳而获者。

【注释】

①山尖:山峰。

②无限风光:极其美好的风景。占:占有,占据。

【赏析】

晚唐是咏物诗创作的繁荣时期,罗隐的咏物诗往往别出心裁,讽刺犀利,在众多晚唐诗人中独具特色。《蜂》一诗中,作者通过吟咏蜜蜂辛苦采蜜却将大部分蜜供他人享用的事实,来讽刺当时社会中的不劳而获者。

该诗第一、二句写蜜蜂采蜜的行为,蜜蜂在山花中辛勤劳作,从平地到山峰,都可以看到蜜蜂的身影,它们出出进进,忙忙碌碌,看似占有最好的风光。第三、四句陡然一转,作者直接发出议论:"采得百花成蜜后,为谁辛苦为谁甜?"句中既有对蜜蜂的劳动果实被养蜂人拿走的感慨,也有对当时社会劳动者不能享有自己成果的讽刺,此中之意与"遍身罗绮者,不是养蚕人"(张俞《蚕妇》)、"十指不沾泥,鳞鳞居大厦"(梅尧臣《陶者》)等句所表达的意思完全一致。与之不同的是，不管是《蚕妇》还是《陶者》，都是直接讽刺社会现象，而罗隐却是通过对自然现象的细心观察，进一步融入对社会的担忧，可谓匠心独运。

山园小梅(其一)

［宋］林　逋

众芳摇落独暄妍①，占尽风情向小园。疏影横斜水清浅②，暗香浮动月黄昏③。霜禽欲下先偷眼④，粉蝶如知合断魂⑤。幸有微吟可相狎⑥，不须檀板共金樽⑦。

【作者简介】

林逋(967—1028)，字君复，奉化大里黄贤村(今属浙江宁波，一说杭州钱塘)人。幼时刻苦好学，通晓经史，曾漫游江淮间，四十余岁后隐居杭州西湖，结庐孤山。常驾小舟遍游西湖诸寺庙，与高僧诗友相往还。每逢客至，叫门童纵鹤放飞，林逋见鹤则棹舟归来。擅诗，作诗随就随弃。卒谥“和靖先生”。

【解题】

这组诗具体创作时间不详。林逋是宋代著名隐士，尤喜梅与鹤，自谓以梅为妻、以鹤为子，写了不少咏梅诗篇，《山园小梅》共两首，此是其一。

【注释】

①暄妍：景物明媚鲜丽，这里是形容梅花。

②疏影横斜：梅花疏疏落落，斜横枝干投在水中的影子。

③暗香浮动：梅花散发的清幽香味在飘动。

④霜禽：羽毛白色的禽鸟。偷眼：偷偷地窥看。

⑤合：应该。断魂：形容神往，犹指销魂。

⑥狎：玩赏，亲近。

⑦檀板：檀木制成的拍板，歌唱或演奏音乐时用以打拍子。这里泛指乐器。

【赏析】

宋人爱梅，留下不少与梅花相关的咏物诗词，林逋《山园小梅》是其中最知名的诗歌之一。梅花以其不与群花一起开放的孤高品性和淡雅的颜色、香味得到众人欣赏。诗歌开头即突出梅花的与众不同，它是在百花开尽之后才独自盛开的。颔联从梅花独特的姿态和淡雅的香味来描写，疏朗梅影，清淡幽香，无不让人陶醉。颈联则用侧面烘托的手法，通过仙鹤和粉蝶对梅花的向往衬托出梅花之美。最后则自然流露诗人对梅花的喜爱，对诗人来说，有梅花有诗即足矣，更无须音乐与酒的助兴，间或写出了诗人自己的高洁品性。

该诗中“疏影横斜水清浅，暗香浮动月黄昏”二句可谓绝妙，非常形象生动地抓住了梅花的特点，尤为世所称道，更有南宋姜夔以《暗香》《疏影》为题创作咏梅词。

六丑·蔷薇谢后作

[宋]周邦彦

正单衣试酒[①]，怅客里、光阴虚掷。愿春暂留，春归如过翼，一去无迹。为问花何在，夜来风雨，葬楚宫倾国[②]。钗钿堕处遗香泽[③]。乱点桃蹊，轻翻柳陌。多情为谁追惜？但蜂媒蝶使，时叩窗隔。　　东园岑寂，渐蒙笼暗碧。静绕珍丛底，成叹息。长条故惹行客，似牵衣待话，别情无极。残英小、强簪巾帻[④]。终不似、一朵钗头颤袅，向人欹侧[⑤]。漂流处、莫趁潮汐。恐断红、尚有相思字[⑥]，何由见得。

【作者简介】

周邦彦（1056—1121），字美成，号清真居士，钱塘（今浙江杭州）人。神宗时太学生，后被擢为太学正，历任庐州教授、知溧水县等。徽宗时为徽猷阁待制，提举大晟府。他精通音律，曾创作不少新词调。作品多写闺情、羁旅，以及咏物之作。格律谨严，语言典丽精雅，长调尤善铺叙。后世词论家称他为“词中老杜”。有《清真集》。

【解题】

《六丑》，是周邦彦自创调。

【注释】

①试酒:唐宋时期风俗,农历三月末或四月初尝新酒。杜甫《苏端、薛复筵简薛华醉歌》载:“百壶且试开怀抱。”

②楚宫倾国:楚王宫里的美女,喻蔷薇花。李延年诗云:“北方有佳人,绝世而独立。一顾倾人城,再顾倾人国。”

③钗钿堕处:花落处。白居易《长恨歌》载:“花钿委地无人收,翠翘金雀玉搔头。”

④强簪巾帻:勉强插戴在头巾上。巾帻:头巾。

⑤向人欹侧:向人表示依恋之态。

⑥“恐断红”句:引用唐人卢渥和宫女在红叶上题诗的典故。据范摅《云溪友议》载:唐代中书舍人卢渥,曾在长安应试,拾到御沟中流出的红叶,上有宫女题诗,后娶皇宫遣放宫女为妻,恰是题红叶诗者。

【赏析】

该词是周邦彦的咏物词名作。词作上阕写花谢的情形,下阕写花谢后的人情物事。词作主旨在于伤春,同时,作者借落花寄寓自身去国离乡、有志难成的情怀,还含有对时光易逝的感叹。黄苏《蓼园词选》认为周邦彦此词:“自叹年老远宦,意境落寞,借花起兴。”在词中,蔷薇既是一个起兴之物,又无处不在,人惜花,花恋人,人与花已经融为一体,花之凋零与人之飘零合二为一,具有浓重的感伤情绪。

病　牛

[宋]李　纲

耕犁千亩实千箱[①]，力尽筋疲谁复伤[②]？但得众生皆得饱，不辞羸病卧残阳[③]。

【作者简介】

李纲(1083—1140)，字伯纪，号梁溪先生，祖籍福建邵武，后迁居江苏无锡。宋徽宗政和二年(1112)，进士及第。宣和七年(1125)金兵攻宋，宋钦宗即位，李纲升为尚书右丞，亲自登城督战。宋室南渡后，李纲数度受朝廷贬抑，忧愤成疾。高宗绍兴十年(1140)正月十五病逝于福州。李纲是南渡初年名臣，一生著述颇丰，诗词兼善，风格沉雄劲健。

【解题】

宋高宗建炎元年(1127)，李纲受弹劾，被罢相，先后谪居鄂州、澧州、琼州等地，此诗是其谪居时所作。

【注释】

①实千箱：极言生产的粮食多。

②伤：哀怜，同情。

③不辞：不推辞。羸(léi)：瘦弱。

【赏析】

该诗咏牛，一、二句写出牛的尽力耕耘，换来硕果累累，却无人同情。三、四句从牛的角度作答，揭示牛为了众生福祉甘愿牺牲自我的宝贵品质。既是写牛，也是诗人自喻，他一心为国，极力维护国土的完整和统一，满腔爱国热情，却屡次遭受排挤，其笔下任劳任怨的病牛即诗人自己的化身。结句中的“残阳”一词更烘托出一种凄凉气氛。

疏　影

[宋]姜　夔

辛亥之冬，余载雪诣石湖[①]。止既月，授简索句，且征新声，作此两曲，石湖把玩不已，使二妓肆习之，音节谐婉，乃名之曰《暗香》《疏影》。[②]

苔枝缀玉[③]，有翠禽小小，枝上同宿。[④]客里相逢，篱角黄昏，无言自倚修竹[⑤]。昭君不惯胡沙远，但暗忆、江南江北。[⑥]想佩环、月夜归来，化作此花幽独。[⑦]　犹记深宫旧事，那人正睡里，飞近蛾绿。[⑧]莫似春风，不管盈盈，早与安排金屋[⑨]。还教一片随波去，又却怨、玉龙哀曲[⑩]。等恁时、重觅幽香，已入小窗横幅[⑪]。

【作者简介】

姜夔（1154—1221），字尧章，号白石道人，饶州鄱阳（今江西

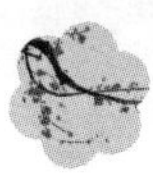

省鄱阳县)人。早岁孤贫,依姐而居,成年后往来于浙、苏、湘等地,因其人品和才华备受当时名公赏识,肖德藻以侄女妻之,张鉴欲为之买田,范成大、张镃等人也对其多所资助。姜夔虽多次参加科举,却布衣终身,四处流寓,是南宋江湖文人的代表。擅诗词,精通书画、音乐,能自度曲。其词以清空、骚雅著称,翰墨人品似晋宋人物。有《白石道人诗集》《白石道人歌曲》《续书谱》等著作。

【解题】

《疏影》:词牌名,姜夔自度曲,源自林逋《山园小梅》中“疏影横斜水清浅”句。该词作于南宋光宗绍熙二年(1191)姜夔去苏州拜访范成大时。

【注释】

①石湖:在苏州西南,与太湖通。南宋诗人范成大晚年居住在石湖,自号石湖居士。

②止既月:指刚住满一个月。授简索句:给纸索取词。简:纸。征新声:征求新的词调。把玩:指反复欣赏。肆习:学习。

③苔枝缀玉:范成大《梅谱》说绍兴、吴兴一带的古梅“苔须垂于枝间,或长数寸,风至,绿丝飘飘可玩”。苔枝:长有苔藓的梅枝。缀玉:梅花像美玉一般缀满枝头。

④有翠禽小小,枝上同宿:引用罗浮之梦典故。旧题柳宗元《龙城录》载:隋代赵师雄游罗浮山,夜梦与一素妆女子共饭,女

子芳香袭人。又有一绿衣童子,笑歌欢舞。赵醒来后,发现自己躺在一株大梅树下,树上有翠鸟欢鸣。唐·殷尧藩《友人山中梅花》诗:“好风吹醒罗浮梦,莫听空林翠羽声。”

⑤“无言”句:杜甫《佳人》诗:“天寒翠袖薄,日暮倚修竹。”

⑥“昭君”句:王建《塞上咏梅》诗:“天山路傍一株梅,年年花发黄云下。昭君已殁汉使回,前后征人惟系马。”

⑦“想佩环”句:杜甫《咏怀古迹五首》其三:“画图省识春风面,环佩空归夜月魂。千载琵琶作胡语,分明怨恨曲中论。”

⑧“犹记”三句:引用寿阳公主事。蛾:形容眉毛的细长。绿:眉毛的青绿颜色。《太平御览》引《杂五行书》云:“宋武帝女寿阳公主,某日卧于含章殿檐下,梅花落公主额上,成五出花,拂之不去。皇后留之,看得几时,经三日,洗之乃落。宫女奇其异,竞效之,今‘梅花妆’是也。”比喻作者惜花之意。

⑨安排金屋:《汉武故事》载,汉武帝刘彻幼时曾对姑母说“若得阿娇作妇,当作金屋贮之”。

⑩玉龙哀曲:马融《长笛赋》载:“龙鸣水中不见己,截竹吹之声相似。”玉龙:玉笛。李白《与史郎中钦听黄鹤楼上吹笛》诗:“黄鹤楼中吹玉笛,江城五月落梅花。”哀曲:指笛曲《梅花落》。

⑪小窗横幅:陈与义《和张规臣水墨梅五绝》诗:“晴窗画出横斜影,绝胜前村夜雪时。”此处翻用其意。

【赏析】

《疏影》与《暗香》同时而成，是姜夔去探访前辈诗人范成大时所作。范成大极爱梅，他在自己的石湖庄园中广植梅树，并著《梅谱》。姜夔此来，恰逢寒冬腊月梅花盛开之时。姜夔在范成大的石湖庄园中流连忘返，写了这两首咏梅词名作。与《暗香》中的围绕词人内心展开不同，《疏影》连用八个与梅花相关的典故，写出梅花不同流俗的外貌，绘出梅花高洁自赏的品性，同时，还写出词人的惜花之情。全词善用虚字，文字典雅空灵，境界凄美。

雪　梅

［宋］卢　钺

梅雪争春未肯降①，骚人阁笔费评章②。梅须逊雪三分白，雪却输梅一段香。

【作者简介】

卢钺，自号为梅坡，宋朝末年人，具体生卒年、生平事迹不详，存世诗作也不多，与刘过是朋友，以两首《雪梅》流芳百世。

【解题】

是诗人咏梅之作。

【注释】

①降:投降,服输。

②骚人:诗人。阁笔:放下笔。阁:同“搁”,放下。评章:评议,这里指评议梅与雪的高下。

【赏析】

该诗以雪和梅并写,这两种都是出现在天寒地冻时节的事物,诗人通过拟人化的手法,将之进行比较,最终得出“梅须逊雪三分白,雪却输梅一段香”的结论。全诗明白如话,对雪、梅的对比妙趣横生。

备选篇目

蝉

[唐]虞世南

垂緌饮清露,流响出疏桐。居高声自远,非是藉秋风。

古朗月行

[唐]李　白

小时不识月,呼作白玉盘。又疑瑶台镜,飞在青云端。仙人垂两足,桂树何团团。白兔捣药成,问言与谁餐?蟾蜍蚀圆影,大明夜已残。羿昔落九乌,天人清且安。阴精此沦惑,去去不足观。忧来其如何,凄怆摧心肝。

蚊

［唐］孟　郊

五月中夜息，饥蚊尚营营。但将膏血求，岂觉性命轻。顾己宁自愧，饮人以偷生。愿为天下幮，一使夜景清。

李凭箜篌引

［唐］李　贺

吴丝蜀桐张高秋，空山凝云颓不流。江娥啼竹素女愁，李凭中国弹箜篌。昆山玉碎凤凰叫，芙蓉泣露香兰笑。十二门前融冷光，二十三丝动紫皇。女娲炼石补天处，石破天惊逗秋雨。梦入神山教神妪，老鱼跳波瘦蛟舞。吴质不眠倚桂树，露脚斜飞湿寒兔。

锦　瑟

［唐］李商隐

锦瑟无端五十弦，一弦一柱思华年。庄生晓梦迷蝴蝶，望帝春心托杜鹃。沧海月明珠有泪，蓝田日暖玉生烟。此情可待成追忆？只是当时已惘然。

鹧　鸪

［唐］郑　谷

暖戏烟芜锦翼齐，品流应得近山鸡。雨昏青草湖边过，花落黄陵庙里啼。游子乍闻征袖湿，佳人才唱翠眉低。相呼相应湘江阔，苦竹丛深日向西。

泪

［宋］杨　亿

锦字梭停掩夜机，白头吟苦怨新知。谁闻陇水回肠后，更听巴猿拭袂时。汉殿微凉金屋闭，魏宫清晓玉壶攲。多情不待悲秋气，只是伤春鬓已丝。

春　草

［宋］刘　敞

春草绵绵不可名，水边原上乱抽荣。似嫌车马繁华地，才入城门便不生。

水龙吟·次韵章质夫杨花词

［宋］苏　轼

似花还似非花，也无人惜从教坠。抛家傍路，思量却是，无情有思。萦损柔肠，困酣娇眼，欲开还闭。梦随风万里，寻郎去

处，又还被、莺呼起。　　不恨此花飞尽，恨西园、落红难缀。晓来雨过，遗踪何在？一池萍碎。春色三分，二分尘土，一分流水。细看来，不是杨花，点点是离人泪。

卜算子·咏梅

［宋］陆　游

驿外断桥边，寂寞开无主。已是黄昏独自愁，更着风和雨。无意苦争春，一任群芳妒。零落成泥碾作尘，只有香如故。

双双燕·咏燕

［宋］史达祖

过春社了，度帘幕中间，去年尘冷。差池欲住，试入旧巢相并。还相雕梁藻井。又软语、商量不定。飘然快拂花梢，翠尾分开红影。　　芳径。芹泥雨润。爱贴地争飞，竞夸轻俊。红楼归晚，看足柳昏花暝。应自栖香正稳。便忘了、天涯芳信。愁损翠黛双蛾，日日画阑独凭。

齐天乐·蝉

［宋］王沂孙

一襟余恨宫魂断，年年翠阴庭树。乍咽凉柯，还移暗叶，重把离愁深诉。西窗过雨。怪瑶佩流空，玉筝调柱。镜暗妆残，为谁娇鬓尚如许。　　铜仙铅泪似洗，叹携盘去远，难贮零露。病翼惊秋，枯形阅世，消得斜阳几度？余音更苦。甚独抱清商，顿成凄楚？谩想熏风，柳丝千万缕。

惜别送别篇

重团聚是中华民族的传统心理，与团聚时的喜悦相对应，“离别”则是令人感伤的。屈原感叹：“悲莫悲兮生别离。”(《九歌·少司命》)南朝江淹则说：“黯然销魂者，唯别而已矣！”(《别赋》)然而，不管如何挽留，无论怎么珍惜，人与人、人与世界的关系的终点都是离别。相比现代，古人由于交通和通信条件的限制，外出谋取功名或生计的需要，疾病意外的多发等原因，离别有时意味着再不相见，可谓“相见时难别亦难”，离别对于古人更为艰难。

因此，“离别”是我国古典诗词中歌咏的重要主题，产生了不少动人心弦的优美文字。被称为“万古送别之祖”的《邶风·燕燕》云：“之子于归，远送于野。瞻望弗及，泣涕如雨。”少女离开父母亲人，披上嫁衣，踏上远嫁的路途，她背后是亲人们牵肠挂肚的目光和止不住的离别之泪。《九歌·河伯》云："子交手兮东行，送美人兮南浦。"依依不舍之情可见。而《易水歌》中"风萧萧兮易水寒，壮士一去兮不复还"等语虽没有眼泪，却又是另一番伤感和悲壮。

唐代疆域辽阔，社会开放，文人漫游成风，一去往往经年。宋代文人虽然独守书斋，然而赶考、做官是必经之路。文人们为了自己的事业和理想离开故土辞别亲友，而一旦分离就不知何日再相逢。唐宋文人饯行时赠诗风气盛行，因此产生了大量的惜别、送别诗词，唐宋较为突出的文人中，几乎人人都有类似题材的作品。

同时，古人的送别、离别时的仪式感尤为重要，踏歌相送、灞桥折柳、阳关敬酒、长亭执手，都是必须且庄重的，这些细节写入诗词，又平添一种风味。

送杜少府之任蜀州

[唐]王　勃

城阙辅三秦①，风烟望五津②。与君离别意，同是宦游人③。海内存知己，天涯若比邻④。无为在歧路⑤，儿女共沾巾⑥。

【作者简介】

王勃（约 650—676），字子安。绛州龙门（今山西河津）人。王勃幼年聪慧，六岁能诗，乾封元年（666）应科试及第，授朝散郎。后因《斗鸡赋》得罪高宗，被逐出长安。唐高宗上元三年（676），自交趾探望父亲返回时，不幸渡海溺水，惊悸而死。王勃诗文皆擅，与杨炯、卢照邻、骆宾王齐名，世称“初唐四杰”，其中王勃是“初唐四杰”之首。有《王子安集》。

【解题】

少府：官名。之：到，往。蜀州：今四川崇州。该诗是作者在长安时所写。这位姓杜的少府将到四川去任职，王勃在长安相送，临别时赠送此诗。

【注释】

①城阙：城楼，指唐代京师长安城。辅：护卫。三秦：指长安城附近的关中之地，即今陕西省潼关以西一带。城阙辅三秦：秦朝末年，项羽破秦，把关中分为三区，分别封给三个秦国的降将，

所以称三秦。

②五津：指岷江的五个渡口，即白华津、万里津、江首津、涉头津、江南津。这里泛指蜀川。全句是说在风烟迷茫之中，遥望蜀州。

③宦游：出外做官。

④天涯：天边，这里比喻极远的地方。比邻：近邻。

⑤无为：无须，不必。歧路：岔路。古人送行常在大路分岔处告别。

⑥沾巾：泪水沾湿衣服和腰带，意思是挥泪告别。

【赏析】

此诗是唐代送别诗的名作，也是王勃的代表作。诗歌开篇点出送别的地点，颔联则表明离别的必然性，因为同是“宦游人”。颈联和尾联则勉励对方不要因为离别而伤感，更无须像小儿女一样为离别而悲伤落泪。

该诗最为独特的是诗人对待离别的态度，不是黯然销魂的伤感，也不是“劝君更尽一杯酒”的依依不舍，而是以一种乐观、豪迈的态度来劝勉对方，同时也在自勉：只要两人心意相通，互为知己，又何必在乎空间距离的遥远呢？这种豪壮的情怀既是青年王勃积极上进精神的表现，也是初唐时期整个社会处于上升期，昂扬奋发时代精神的感召所致。因此，整首诗也一改其他送别诗的低落与消沉，而显得雄浑、豪壮，属于壮别诗。

送　兄

［唐］佚　名

别路云初起，离亭叶正稀[①]。所嗟人异雁，不作一行归。

【作者简介】

作者等皆不可晓。《全唐诗》此诗原有跋："女子南海人。""武后召见，令赋送兄诗，应声而就。"由此可以大致推断，该诗的作者是一名女子，南海人，生活于初唐时期武则天时代。

【解题】

题下原注："武后召见，令赋送兄诗，应声而就。"可推断出作者是个女子，得到武后召见，其兄护送她进宫，要分别的时候，在武后的命令下作此诗。

【注释】

①离亭：驿亭。古时人们常在这个地方举行告别宴会，于此送别。

【赏析】

关于此诗的作者及其经历等，今人所知甚少，但丝毫不影响此诗的传诵。这首诗通过对送别兄长时的情景的描摹，真切地抒发了别离的伤感和骨肉的亲情。

诗歌开篇两句"别路云初起，离亭叶正稀"写送别之景，虽然选取的是云、离亭、树叶等送别时常见景物，然含蕴丰富。漂泊

的云暗示了兄妹二人漂泊的日子，而树枝、树叶则暗示了对于骨肉分离的伤感。到第三、四句，作者的感情表达不再隐秘，而是直抒胸臆：大雁尚且能聚集一起飞翔，而自己与兄长却不能一同归。全诗语言自然朴素，内容真切感人。

别董大（其一）

［唐］高　适

千里黄云白日曛[①]，北风吹雁雪纷纷。莫愁前路无知己，天下谁人不识君。

【作者简介】

高适（704—765），字达夫，一字仲武，渤海蓨（今河北景县）人，后迁居宋州宋城（今河南商丘）。历任刑部侍郎、散骑常侍等职，封渤海县侯，世称高常侍。高适擅诗，尤长于边塞题材，与岑参并称“高岑”。其诗笔力雄健，气势奔放，洋溢着盛唐时期所特有的奋发进取、蓬勃向上的时代精神。

【解题】

董大：指董庭兰，是当时有名的音乐家。在其兄弟中排名第一，故称“董大”。唐玄宗天宝六年（747），吏部尚书房琯被贬出朝，门客董庭兰也离开长安。是年冬，董庭兰与高适会于睢阳（故址在今河南省商丘市南），高适写了《别董大》二首，此诗是其一。

【注释】

①黄云:天上的乌云,在阳光下,乌云是暗黄色,所以叫黄云。曛:昏暗。白日曛:太阳黯淡无光。

【赏析】

董大是当时有名的琴师,会演奏七弦琴。高适当时与董大久别重逢,短暂相会后又要各奔东西。在这首赠别诗中,高适写出了对对方的劝勉和对友谊的珍重。

开篇两句"千里黄云白日曛,北风吹雁雪纷纷",简要写出了当时寒冷凄凉的送别景色,大雪纷飞,黄云蔽日,此情此景也正是董大和诗人自己人生窘境的写照。在第三、四句中,诗人一扫颓丧之气,充满豪情地勉励对方"莫愁前路无知己,天下谁人不识君",整首诗作也显得大气、豪迈起来。

全诗先抑后扬,表现出了诗人对人生的豁达态度和积极精神,文字凝练,意境高远,是一首送别诗佳作。

重送裴郎中贬吉州

[唐]刘长卿

猿啼客散暮江头,人自伤心水自流。同作逐臣君更远①,青山万里一孤舟。

【作者简介】

刘长卿(709—789),字文房,宣城(今属安徽)人,后迁居洛

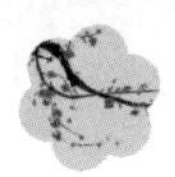

阳。唐玄宗天宝年间进士，历任监察御史、苏州长洲县尉、转运使判官、睦州司马等职。因刚直犯上，两度迁谪。官终随州刺史，世称“刘随州”。刘长卿工于诗，长于五言，自称“五言长城”，其诗中多身世之叹，但题材略狭，诗意偶有重复之感。有《刘随州集》。

【解题】

重送：因为之前诗人已写过一首同题的五言律诗。刘、裴曾一起被召回长安又同遭贬谪，同病相怜，发为歌吟，感情真挚动人。裴郎中：不详，大致为诗人的朋友。吉州：治所在今江西吉安。

【注释】

①逐臣：被贬官而离开京城的人。指作者与裴郎中同时被贬。

【赏析】

诗人与裴郎中同时被贬吉州，两人从京城一起离开，结伴而行，到了吉州后又要分开，自是依依不舍。

两人身处逆境，同是被贬谪的逐客，情绪低落，所见所闻无非“猿啼”“孤舟”“流水”等让人伤感之物。这让二人的心境愈发迷茫而伤感，然而，不管两人如何伤感，“水自流”代表着终究要分开，而水的无情反衬托出人有情。

淮上与友人别

[唐]郑　谷

扬子江头杨柳春[①]，杨花愁杀渡江人[②]。数声风笛离亭晚[③]，君向潇湘我向秦[④]。

【作者简介】

郑谷(约851—910)，字守愚，江西宜春人。僖宗时进士，曾官都官郎中，人称“郑都官”。又以《鹧鸪诗》得名，人称“郑鹧鸪”。其诗多写景咏物之作，风格清新通俗，但有时流于浅率。曾与许棠、张乔等唱和往还，号“芳林十哲”。存《云台编》。

【解题】

淮上：扬州。淮：淮水。这首诗是诗人在扬州和友人分手时所作，具体创作时间不详。

【注释】

①扬子江：长江在江苏镇江、扬州一带的干流，古称扬子江。

②杨花：柳絮。愁杀：愁绪满怀。

③风笛：风中传来的笛声。离亭：驿亭。驿亭是古代路旁供人休息的地方，人们常在此送别，所以称为“离亭”。

④潇湘：指今湖南一带。秦：指当时的都城长安，在今陕西境内。

【赏析】

郑谷与友人在扬州告别，然而此次分别并非通常的送别，而是各奔前程，友人往西去湖南境内，而诗人自己则要往西北去都城长安。

诗歌开篇两句写景抒情，春日的扬州，柳絮纷飞，杨柳依依。然而，诗人与朋友却要在此地握手言别，柳絮柳枝带给诗人更多的是伤感与离情。“扬子江头”“杨柳春”“杨花”等语回环往复，极富音韵美。天下没有不散的宴席，“离亭晚”三字告诉读者，到该启程的时候了，两人该互道珍重，而那种天南海北的思念和独自上路的黯然都在不言中。

破阵子

[五代]李　煜

四十年来家国①，三千里地山河。凤阁龙楼连霄汉，玉树琼枝作烟萝②，几曾识干戈③？　　一旦归为臣虏，沈腰潘鬓消磨④。最是仓皇辞庙日⑤，教坊犹奏别离歌，垂泪对宫娥。

【作者简介】

李煜(937—978)，字重光，初名从嘉，号钟隐、莲峰居士。彭城(今江苏徐州)人。南唐元宗李璟第六子，于宋建隆二年(961)

继位，史称李后主。开宝八年(975)南唐国破，肉袒降宋，俘至汴京，被封为违命侯。宋太宗太平兴国三年(787)去世。李煜是五代时期著名词人，其词分亡国前后两个时期：前期词大都描写他的享乐生活，风格清丽；后期亡国被俘，多抚今思昔之作，成就很高，如《虞美人》《相见欢》等。

【解题】

该词描绘的是李煜亡国破家当日的情景，写于李煜国亡之后。

【注释】

①四十年：南唐自建国至李煜作此词，为三十八年。此处四十年为概数。

②玉树琼枝：别作“琼枝玉树”，形容树的美好。烟萝：形容树枝叶繁茂，如同笼罩着雾气。

③识干戈：经历战争。识：别作“惯”。干戈：武器，此处指代战争。

④沈腰潘鬓：沈指沈约，此处用沈腰指代人日渐消瘦。潘：指潘岳，此处用潘鬓指代中年白发。

⑤辞庙：辞别宗庙。辞：离开。庙：宗庙，古代帝王供奉祖先牌位的地方。

【赏析】

李煜的离别是最特殊、最痛苦的离别，他是与整个国家告

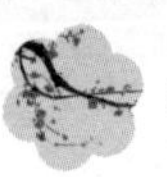

别，是和自己过去锦衣玉食、钟鸣鼎食的日子告别。这次分别，日后再也不见，此刻既是他人生的转折点，也是他创作的转折点。

全词上阕写故国的繁华、富裕、和平，下阕写成为俘虏后的忍辱含垢，“沈腰潘鬓”暗示作者经历亡国之痛后外表起了巨大的变化。他在告别的日子“垂泪对宫娥”虽受人诟病，却不失为真实。全词语言朴素自然，情感真切沉痛。

踏莎行·祖席离歌

［宋］晏　殊

祖席离歌，长亭别宴[①]。香尘已隔犹回面。居人匹马映林嘶，行人去棹依波转[②]。　　画阁魂消，高楼目断。斜阳只送平波远。无穷无尽是离愁，天涯地角寻思遍[③]。

【作者简介】

晏殊（991—1055），字同叔，抚州临川（今江西进贤县）人。晏殊自小聪慧，十四岁参加进士试，赐同进士出身，历任光禄寺丞、刑部侍郎等职，庆历二年（1042）官拜宰相。晏殊擅词，其“无可奈何花落去，似曾相识燕归来”等句尤被人称道，风格闲雅，与其第七子晏几道在北宋词坛上，被称为“大晏”和“小晏”。有《珠玉词》。

【解题】

祖席:古代出行时祭祀路神叫“祖”。后来称设宴饯别的所在为“祖席”。该词是离别时所作。

【注释】

①长亭:旅途中的驿站,为送别之地。

②棹:同“櫂”,划船的桨。长的叫櫂,短的叫楫。这里指船。

③寻思:不断思索。

【赏析】

该词入选《宋词三百首》,是晏殊代表作之一。上阕写祖席饯别的场景,下阕写送别场面。无论是写饯别时的相送,还是别后的怀思,都情景逼真,含蕴无尽,语言闲雅,让读者真切地感受到作者的离别之情。

卜算子·送鲍浩然之浙东

[宋]王　观

水是眼波横[①],山是眉峰聚[②]。欲问行人去那边?眉眼盈盈处[③]。　　才始送春归,又送君归去。若到江南赶上春,千万和春住。

【作者简介】

王观(1035—1100),字通叟,生于如皋(今江苏如皋)。宋仁

宗嘉祐二年(1057)中进士,历任大理寺丞、江都知县等职,在任时作《扬州赋》,宋神宗阅后大喜,大加褒赏。又撰《扬州芍药谱》一卷,被重用为翰林学士。王观擅词,其词有一定特色,词集名《冠柳集》,取超出柳永之意。

【解题】

鲍浩然:生平不详,词人的朋友。浙东:浙江东路,鲍浩然将要去的地方。春末时节,词人在越州送别即将离开的好友鲍浩然,本词作于此种情形下。

【注释】

①眼波:比喻目光似流动的水波。

②山是眉峰聚:山如美人蹙起的眉毛。《西京杂记》载:“卓文君容貌姣好,眉色如望远山,时人效画远山眉。”

③眉眼盈盈处:比喻山水交汇的地方。盈盈:美好的样子。

【赏析】

本词表达了作者对好友的祝福,希望友人与春光同住。全词最为新颖之处在于“水是眼波横,山是眉峰聚”两句,将人的眉眼比喻成山水,使山水变得生动妩媚而有情有义,自然而然引出下文的“眉眼盈盈处”,使整首小词显得缠绵婉转,极富风味。

别　滁

[宋]欧阳修

花光浓烂柳轻明[1]，酌酒花前送我行。我亦且如常日醉，莫教弦管作离声[2]。

【作者简介】

欧阳修(1007—1072)，字永叔，号醉翁，晚号“六一居士”，吉州永丰(今江西省永丰县)人。天圣七年(1029)中举，历任将仕郎、馆阁校勘、知谏院等职。卒谥文忠，世称欧阳文忠公。欧阳修诗、词、文皆擅，其散文成就较高，与韩愈、柳宗元、王安石、苏洵、苏轼、苏辙、曾巩合称“唐宋八大家”。有《欧阳文忠公文集》。

【解题】

别滁：告别滁州。欧阳修于宋仁宗庆历五年(1045)八月被贬为滁州知州，在滁州做了两年多地方官。庆历八年(1048)改任扬州知州，这首《别滁》诗作于当时。

【注释】

①浓烂：鲜花灿烂的样子。

②离声：指别离歌曲。

【赏析】

欧阳修于庆历五年(1045)被贬为滁州知州，但在滁州的两年时间里，他深深感受到当地的民风淳朴，并对这片土地有了较深的感情，此时离别在即，他写下了自己的感受。

全诗描绘了欧阳修离开滁州时的饯别情景。首句写景，以浓烈春光衬托离别时的热闹。后两句抒情，欧阳修并未渲染离情别绪，但在他"我亦且如常日醉"的故作平淡中，却可看出惜别深情，诗人不让他人奏出离别的乐曲，只因怕暴露自己隐藏在平日外表后面的感伤情绪。

满庭芳

［宋］秦　观

山抹微云，天连衰草①，画角声断谯门②。暂停征棹，聊共引离尊③。多少蓬莱旧事④，空回首、烟霭纷纷。斜阳外，寒鸦万点，流水绕孤村。　　销魂。当此际，香囊暗解，罗带轻分。谩赢得、青楼薄幸名存⑤。此去何时见也？襟袖上、空惹啼痕。伤情处，高城望断，灯火已黄昏。

【作者简介】

秦观（1049—1100），字太虚，又字少游，世称淮海先生，高邮（今属江苏）人。元丰八年（1085）中进士，初为定海主簿，历任太学博士、国史馆编修等职。绍圣元年（1094）"新党"执政，秦观出杭州通判，道贬处州，任监酒税之职，后徙郴州，编管横州，又徙雷州，后卒于藤州。与黄庭坚、张耒、晁补之合称“苏门四学士”，颇得苏轼赏识。秦观擅词，词风清丽婉约，多以身世之感并入艳情，有《淮海长短句》等。

【解题】

该词因词人与某歌妓告别时难舍难分而作。

【注释】

①连：一作“黏”。

②谯门：城门。

③引：举。尊：酒杯。

④蓬莱旧事：男女爱情的往事。

⑤谩：徒然。薄幸：薄情。杜牧《遣怀》载：“十年一觉扬州梦，赢得青楼薄幸名。”

【赏析】

该词写作者与相恋歌女告别时的情景。开篇“山抹微云，天连衰草”两句状景，一个“抹”字出语新奇，别有意趣，秦观因此被呼为“山抹微云君”。秦观善将身世之感并入恋情，词中将恋人分开时的难舍难分写得分外动人。“斜阳外，寒鸦万点，流水绕孤村”等语也因为写景贴切而流传千古。

备选篇目

送朱大出关(节)

[唐]陶　翰

长揖五侯门，拂衣谢中贵。丈夫多别离，各有四方事。

芙蓉楼送辛渐(其一)

[唐]王昌龄

寒雨连江夜入吴，平明送客楚山孤。洛阳亲友如相问，一片冰心在玉壶。

送杜十四之江南

[唐]孟浩然

荆吴相接水为乡，君去春江正淼茫。日暮征帆何处泊？天涯一望断人肠。

金陵酒肆留别

[唐]李　白

风吹柳花满店香，吴姬压酒唤客尝。金陵子弟来相送，欲行不行各尽觞。请君试问东流水，别意与之谁短长。

别舍弟宗一

［唐］柳宗元

零落残魂倍黯然，双垂别泪越江边。一身去国六千里，万死投荒十二年。桂岭瘴来云似墨，洞庭春尽水如天。欲知此后相思梦，长在荆门郢树烟。

喜见外弟又言别

［唐］李　益

十年离乱后，长大一相逢。问姓惊初见，称名忆旧容。别来沧海事，语罢暮天钟。明日巴陵道，秋山又几重。

菩萨蛮

［五代］韦　庄

红楼别夜堪惆怅，香灯半卷流苏帐。残月出门时，美人和泪辞。琵琶金翠羽，弦上黄莺语。劝我早还家，绿窗人似花。

踏莎行

［宋］欧阳修

候馆梅残，溪桥柳细。草薰风暖摇征辔。离愁渐远渐无穷，迢迢不断如春水。　　寸寸柔肠，盈盈粉泪。楼高莫近危阑倚。平芜尽处是春山，行人更在春山外。

雨霖铃

［宋］柳　永

寒蝉凄切，对长亭晚，骤雨初歇，都门帐饮无绪，留恋处，兰舟催发。执手相看泪眼，竟无语凝噎。念去去、千里烟波，暮霭沉沉楚天阔。　　多情自古伤离别，更那堪、冷落清秋节！今宵酒醒何处？杨柳岸、晓风残月。此去经年，应是良辰好景虚设。便纵有千种风情，更与何人说？

横　塘

［宋］范成大

南浦春来绿一川，石桥朱塔两依然。年年送客横塘路，细雨垂杨系画船。

送夫从军

［宋］杨氏妇

海坛门外浪滔天，妾上城楼君上船。回首西风深巷底，梅花霜月夜如年。

酹江月·和友驿中言别

[宋]文天祥

乾坤能大，算蛟龙、元不是池中物。风雨牢愁无著处，那更寒蛩四壁。横槊题诗，登楼作赋，万事空中雪。江流如此，方来还有英杰。　　堪笑一叶漂零，重来淮水，正凉风新发。镜里朱颜都变尽，只有丹心难灭。去去龙沙，江山回首，一线青如发。故人应念，杜鹃枝上残月。

亲情、乡情、友情篇

人与人之间的关系归根到底是一种情感的牵绊，情感是文学表现的重要内容。古代诗歌的产生不仅因事感发而兴，还缘情而作。其内容和目的不仅“言志”，还要抒情，更不用说词这一主要在于“言情”的文体了。

亲情是人性中最无私的感情，也是最自然的感情，《诗经》中即有不少对亲情的歌颂篇章，如“蓼蓼者莪，匪莪伊蒿。哀哀父母，生我劬劳”（《小雅・蓼莪》）、“常棣之华，鄂不韡韡。凡今之人，莫如兄弟”（《小雅・常棣》）。这些以亲情为主题的诗歌以它的纯真，激荡着读者的心灵。

与亲情紧密联系在一起的是对故乡的感情。中国是一个安土重迁、爱好和平的国家，恋乡情结根深蒂固。乡情、乡愁是诗词的重要主题，乡情的勾起，有一些特定的意象和情境，黄昏落日、屋舍犬吠、小桥流水，都是梦里的故乡。而每逢中秋、元宵等佳节，更是让异乡人寝食难安的时候。

“君子之交淡如水”，文人之间的日常友谊活动是生活中不可或缺的一部分。朋友之间的感情不需要朝朝暮暮相互厮守，随性随心、不拘小节才是朋友间的常态。朋友间感情的维系只需要分别时的互相勉励、节气变换时的一句问候、胜日时的携手同游，以及闲暇时的邮筒传诗即可，而意外的到访尤让人喜出望外。

本篇选取唐宋时期以亲情、乡情、友情为主题的诗词作品，这些诗歌或平淡或深情，但大多无华丽的辞藻，唯有自然流露的情感和让人感发的力量。

逢入京使

［唐］岑　参

故园东望路漫漫[1]，双袖龙钟泪不干[2]。马上相逢无纸笔，凭君传语报平安。

【作者简介】

岑参（约718—约769），荆州江陵（今湖北江陵县）人，一说南阳棘阳（今河南南阳市）人。岑参早岁孤贫，唐玄宗天宝三年（744）中进士。曾两次从军边塞，先在安西节度使高仙芝幕府掌书记，又跟随安西北庭节度使封常清，为其幕府判官。后官嘉州刺史（今四川乐山），卒于成都旅舍，世称“岑嘉州”。岑参工于诗，其诗多写边疆景物和生活，色彩瑰丽，想象丰富，与高适并称为“高岑”，有《岑嘉州集》。

【解题】

入京使：进京的使者。据刘开扬《岑参诗集编年笺注》，该诗作于唐玄宗天宝八年（749），时年诗人充任安西节度使高仙芝幕府掌书记，在赴安西（今新疆维吾尔自治区库车县）上任途中写下此诗。

【注释】

①故园：指长安。漫漫：形容路途十分遥远。

②龙钟：涕泪淋漓沾湿衣袖的样子。

【赏析】

岑参以边塞诗扬名，他的边塞诗充满奇情壮采，然而这首思家之作却以其伤感、真诚而传诵颇广。岑参离家前想必对边塞的生活已经有了一定了解，他在《初过陇山途中呈宇文判官》中说：“万里奉王事，一身无所求。也知塞垣苦，岂为妻子谋。”然而，当踏上赴边的漫漫长路时，思乡的感情却不断累积，一旦碰到一个入京的故人，他的情感和眼泪就如同决堤的洪水，喷涌而出。短短四句诗中，诗人的形象虽然狼狈，却格外真实。

月　夜

［唐］杜　甫

今夜鄜州月[①]，闺中只独看。遥怜小儿女，未解忆长安[②]。香雾云鬟湿[③]，清辉玉臂寒[④]。何时倚虚幌[⑤]，双照泪痕干。

【作者简介】

见《春望》。

【解题】

天宝十五年(756)春，安禄山攻长安，玄宗逃蜀。杜甫携家逃往鄜州羌村，听说肃宗在灵武(今宁夏灵武县)即位，杜甫随即将家人安置在羌村，只身奔向灵武，不料途中被安史军队抓获，押回长安。该诗是杜甫被禁长安时所写。

【注释】

①鄜(fū)州:今陕西省富县。当时杜甫的家属在鄜州的羌村,杜甫在长安。

②未解:尚不懂得。

③香雾:雾并没有香气,因为香气从涂有膏沐的云鬟中散发出来,所以说“香雾”。云鬟:指高耸的环形发髻。

④清辉:阮籍诗《咏怀》其十四有“明月耀清晖”之句。

⑤虚幌:透明的窗帷。幌:帷幔。

【赏析】

杜甫深受儒家思想影响,有一颗至情至性的赤子之心,他对国家始终抱有最纯粹的忠诚和爱,他对家人也具有强烈的责任感和无私的爱。亲情是杜甫人生中的情感归宿,尽管他一生都处于漂泊之中,生活极其困顿,但他与妻子患难与共,相濡以沫,妻子的形象在他心中一直都是那么美好。他对儿女则心怀愧疚,充满慈爱。这些情感在《月夜》中表露无疑。

“今夜鄜州月,闺中只独看。遥怜小儿女,未解忆长安。”诗人身处长安,他极其思念家人,却从对方起笔。这种写作方式也多被人所借鉴。他想象妻子独自在月光下思念自己,而提到儿女,杜甫也饱含深情,儿女们的天真幼稚让他心生怜爱。然而,接下来的四句,杜甫又回到了对妻子的思念,可见妻子在他心中

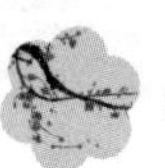

的分量之重，他想到妻子的担忧，恨不得立马结束这种分隔两地的生活，让妻子脸上的眼泪消失，重新露出笑容。全诗语言明白如话，感情真挚动人。

寄李儋元锡

［唐］韦应物

去年花里逢君别，今日花开又一年。世事茫茫难自料，春愁黯黯独成眠①。身多疾病思田里②，邑有流亡愧俸钱③。闻道欲来相问讯，西楼望月几回圆？

【作者简介】

韦应物(737—约792)，字义博，长安(陕西西安)人。韦应物出生望族，十五岁为玄宗近侍，少年时豪纵不羁，横行乡里，安史之乱后始立志读书，历任洛阳丞、京兆府功曹参军、滁州和江州刺史、左司郎中、苏州刺史等职。世称韦江州、韦左司或韦苏州。韦应物擅长作诗，其诗多写山水田园，风格冲淡闲远，语言简洁朴素，与王维、孟浩然、柳宗元合称“王孟韦柳”。有《韦苏州集》《韦江州集》等。

【解题】

李儋(dān)：李儋，曾任殿中侍御史，为诗人密友，韦应物曾有多首诗歌相赠。元锡：字君贶，为作者在长安鄠县时的旧友。

这首七律大约作于唐德宗兴元元年(784),是韦应物晚年在滁州刺史任上的作品。韦应物到达滁州后,李儋、元锡曾托人问候,韦应物写此诗寄赠以答。

【注释】

①春愁:因春季来临而引起的愁绪。黯黯:一作“忽忽”。

②思田里:想念田园乡里,即想到归隐。

③邑有流亡:指在自己管辖的地区内还有百姓流亡。愧俸钱:因自己食国家的俸禄而深感惭愧。

【赏析】

该诗抒发了韦应物离开长安后,对友人的思念之情。开篇起笔即直接诉说怀友之情。花开花落,却让诗人兴起时光易逝的感慨。中间四句写自己的境遇:国家与个人前途茫茫,而诗人自己则又年老多病。面对百姓的贫穷流亡,有良知的诗人顿生惭愧,甚至想要辞官归隐。尾联两句与开头相呼应,月缺月圆,都是他对友人思念的见证。

该诗语言明白如话,娓娓道来。对友人的思念之情、对国家的茫然之感和对百姓的愧疚之情交织一起,深刻地揭露了诗人的内心困惑。“身多疾病思田里,邑有流亡愧俸钱”两句对仗工整,有较高的思想境界,深受后世称赏。

望月有感

[唐]白居易

自河南经乱①，关内阻饥②，兄弟离散，各在一处。因望月有感，聊书所怀，寄上浮梁大兄、於潜七兄、乌江十五兄，兼示符离及下邽弟妹。③

时难年荒世业空④，弟兄羁旅各西东。田园寥落干戈后⑤，骨肉流离道路中。吊影分为千里雁⑥，辞根散作九秋蓬⑦。共看明月应垂泪，一夜乡心五处同。

【作者简介】

见《轻肥》。

【解题】

该诗作于公元799年秋至800年春之间，时白居易在长安考中进士，旋即东归省亲，此诗大约写于这一时期。

【注释】

①河南：唐时河南道，辖今河南省大部和山东、江苏、安徽三省的部分地区。贞元十五年(799)春，唐朝廷分遣十六道兵马去攻打叛军，战事发生在河南境内。

②关内：关内道，辖今陕西大部及甘肃、宁夏、内蒙古的部分地区。阻饥：遭受饥荒。

③浮梁大兄：白居易的长兄白幼文，贞元十四、十五年(798—799)间任饶州浮梁(今属江西景德镇)主簿。於潜七兄：白居易叔父白季康的长子，时为於潜(今浙江临安)县尉。乌江十五兄：白居易的从兄白逸，时任乌江(今安徽和县)主簿。符离：在今安徽宿县内，白居易的父亲在彭城(今江苏徐州)为官多年，就把家安置在符离。下邽：县名，治所在今陕西省渭南县，白氏祖居在此。

④时难年荒：指遭受战乱和灾荒。世业：祖传的产业。

⑤寥落：荒芜零落。干戈：古代兵器，此代指战争。

⑥千里雁：比喻兄弟们相隔千里。

⑦辞根：草木离开根部，比喻兄弟们各自背井离乡。九秋蓬：深秋时节随风飘转的蓬草，用来比喻游子在异乡漂泊。

【赏析】

全诗写了在经历战乱和灾荒之后诗人对兄弟姐妹的深切怀念之情。通过这首诗，诗人一方面展示了当时普通家庭在时代的冲击下所遭受的灾难，另一方面则抒发了自己对亲人的思念之情。

从第一个方面来说，在“时难年荒”之下，诗人家庭的“世业”被一扫而空。兄弟姐妹们如同离群的大雁一样形单影只，又如断根蓬草一样随风漂泊，大家手足离散，四处无着。白居易用亲身的经历写出了战争带来的痛苦。从第二个方面来说，诗人无时无刻不在思念自己的家乡，思念自己的兄弟姐妹，最后两句“共看明月应垂泪，一夜乡心五处同”，与苏轼的“千里共婵娟”不谋而合。全诗用白描的手法，语言通俗平易，真切感人。

与浩初上人同看山寄京华亲故

［唐］柳宗元

海畔尖山似剑铓①，秋来处处割愁肠。若为化得身千亿②，散上峰头望故乡。

【作者简介】

见《渔翁》。

【解题】

与：同。浩初：潭州（今湖南长沙）人，龙安海禅师的弟子，是诗人的朋友，时从临贺到柳州会见柳宗元。上人：对和尚的尊称。山：指柳州附近山峰。京华：长安。亲故：亲戚、故人。此诗是作者在柳州时所作。

【注释】

①海畔：海边。剑铓：剑锋，剑的顶部尖锐部分。

②若：假若。化得身：柳宗元精通佛典，同行的浩初上人又是龙安海禅师的弟子，作者自然联想到佛经中“化身”的说法，以表明自己的思乡情切。千亿：极言其多。

【赏析】

永贞革新失败后，柳宗元先被贬为永州司马，后又改为柳州刺史。身处柳州的他极度思念远在北方的亲朋故旧。当浩初上人来探望他时，两人一起登上周边山顶，登高望远，以慰怀乡之心。此首《与浩初上人同看山寄京华亲故》正抒发了作者深切的思乡之情。

本诗的比喻新奇而贴切，首句“海畔尖山似剑铓”将柳州的山比喻为剑铓，广西的山峰奇特而突兀，非目睹者不能做出如此形容，苏轼在亲眼见到海边的山后，深感柳宗元的贴切，《东坡题跋·书柳子厚诗》云：“仆自东武适文登，并行数日。道旁诸峰，真如剑铓。诵子厚诗，知海山多奇峰也。”同时，“剑铓”之喻很自然而然地引出下文的“割愁肠”“身千亿”等语，没有丝毫牵强。诗人愁肠寸断，看着周边的山峰，突发奇想，希望自己化为千千万万个分身，或可分解自己巨大的思乡压力。诗人融情入景，想象奇特，比喻新奇，具有很强的艺术感染力。

菩萨蛮

[宋]韦　庄

人人尽说江南好，游人只合江南老[①]。春水碧于天，画船听雨眠。垆边人似月[②]，皓腕凝霜雪。未老莫还乡，还乡须断肠[③]。

【作者简介】

见《台城》。

【解题】

韦庄《菩萨蛮》共五首，本词是第二首。

【注释】

①游人：这里指漂泊江南的人，即作者自谓。只合：只应。

②垆边：指酒家。垆：旧时酒店卖酒的地方，用土堆砌而成。据《史记·司马相如列传》载，司马相如妻卓文君长得很美，曾当垆卖酒。

③须：必定，肯定。

【赏析】

该词描写了江南美丽的景色，同时抒发了词人漂泊无定、难以还乡的酸涩感和对故乡的依恋之情。韦庄生在唐末五代，为保全自己而在各个军阀间奔波，只能将故乡永远埋在他心底。词人笔下，江南的景很美，春天的水比天空更纯净。江南的人更美，肌肤胜雪，如月亮一般温柔娴静。然而对词人来说，美景、美人尽管一时让他沉醉，可他却永远也融不进去，他对自己的定位永远是“游人”。然而，他的故乡烽火弥漫，满目疮痍，故人也都杳无音信。念及于此，韦庄只觉断肠。全词纯用白描手法，词语清丽，结尾二句直抒胸臆，感情沉痛。

水调歌头

[宋]苏　轼

丙辰中秋[①]，欢饮达旦，大醉。作此篇，兼怀子由[②]。

明月几时有？把酒问青天。不知天上宫阙[③]，今夕是何年。我欲乘风归去，又恐琼楼玉宇[④]，高处不胜寒[⑤]。起舞弄清影，何似在人间。　　转朱阁[⑥]，低绮户[⑦]，照无眠。不应有恨，何事长向别时圆？人有悲欢离合，月有阴晴圆缺，此事古难全。但愿人长久，千里共婵娟[⑧]。

【作者简介】

见《荔枝叹》。

【解题】

此词是宋神宗熙宁九年(1076)中秋作者在密州时所作。

【注释】

①丙辰：宋神宗熙宁九年(1076)。

②子由：苏轼的弟弟苏辙的字。该年苏轼在密州(今山东省诸城市)任太守，词人与弟弟苏辙分别之后已七年未团聚。词人面对中秋节的明月，心潮起伏，写下该词。

③天上宫阙：指月中宫殿。阙：古代城墙后的石台。

④琼楼玉宇：美玉砌成的楼宇，指想象中的仙宫。

⑤不胜：经受不住。

⑥朱阁：华丽的楼阁。

⑦绮户：雕饰华丽的门窗。

⑧共：一起欣赏。婵娟：指月亮。

【赏析】

该词是一首望月怀人之作，表达了苏轼对胞弟苏辙的思念之情。苏轼非常珍惜与弟弟的手足之情，他永远记得当日兄弟两人一起赶考时“路长人困蹇驴嘶”（《和子由渑池怀旧》）的情景。苏轼深陷“乌台诗案”后，以为自己会遭遇不测，向弟弟交代托付家事时深情地说：“与君世世为兄弟，更结来生未了因。”（《狱中寄子由》）因此，当此团聚的佳节，苏轼想起与弟弟已经七年未能相见，他看着月亮，想象自己飞上广寒宫，与月光起舞。然而，月圆人不圆，他无不埋怨地责问月亮：“何事长向别时圆？”接下来，词人又只能宽慰自己，同时也祝愿所有人：人生本来就应当承受悲欢离合的痛苦，只要彼此心灵相通，就能打破时空的界限，共享同一轮明月。

苏轼此词备受后人推崇，胡仔评价此词一出而“余词皆废”（《苕溪渔隐丛话》后集），的确，此词既有“把酒问青天”的宇宙意识，又有“起舞弄清影，何似在人间”的浪漫想象，还有“何事长向别时圆”的手足情深，最后，苏轼又将这一切化为

“但愿人长久，千里共婵娟”的自我宽解和美好祝愿，词人旷达、洒脱的人格跃然纸上。全词语言清丽，词风清旷，是苏轼的代表词作之一。

示长安君

[宋]王安石

少年离别意非轻[1]，老去相逢亦怆情[2]。草草杯盘供笑语，昏昏灯火话平生。自怜湖海三年隔，又作尘沙万里行。欲问后期何日是[3]，寄书应见雁南征。

【作者简介】

见《登飞来峰》。

【解题】

长安君：王文淑，是诗人的大妹妹，得到了长安县君的封号。王文淑擅诗书，魏泰《临汉隐居诗话》载：“近世妇人多能诗，往往有臻古人者，王荆公家最众。”这首诗作于嘉祐五年（1060），王安石将出使辽国，与妹妹话别，想起年龄老大，聚少离多，无限伤怀，所以写下此诗。

【注释】

①意非轻：情意不是轻的。

②怆情：悲伤。

③后期：后会的日期。

【赏析】

王安石与大妹王文淑感情深厚，但王安石身处官场，身不由己，王文淑则已成家，两人已有三年未见，此次匆匆相见却又不得不马上分开。所以，兄妹两人极为珍视这场会面，“草草杯盘供笑语，昏昏灯火话平生”。酒菜很随意，只为了彼此分享自己的生活。灯油将尽，灯火已暗，两人却还顾不上休息。然而，当话题转到王安石即将的远行，气氛马上便沉重起来，问及归期的时候，王安石只能以大雁为讯。

该诗描绘出了亲人相见的家庭生活画面，抒发了难以割舍的骨肉亲情，是王安石的名作之一。

示三子

[宋]陈师道

时三子已归自外家①。

去远即相忘，归近不可忍②。儿女已在眼，眉目略不省③。喜极不得语，泪尽方一哂。了知不是梦，忽忽心未稳。

【作者简介】

陈师道（1053—1102），字履常，一字无己，号后山居士，彭城

（今江苏徐州）人。元祐初苏轼等荐其文行，起为徐州教授，历仕太学博士、颍州教授等职。陈师道为苏门六君子之一。擅诗，亦能词，是江西诗派“三宗”之一。其诗内容较为狭窄，风格拗峭惊警。著有《后山先生集》，词有《后山词》。

【解题】

该诗作于元祐二年（1087）。神宗元丰七年（1084），陈师道因家贫将妻子儿女送往在四川做官的岳父处寄养。四年之后，诗人得任徐州州学教授，才将寄居岳父家的妻儿接回身边。

【注释】

①外家：外公家。

③不可忍：难以忍耐，形容与子女见面的急切心情。

③省：识，记得。

【赏析】

该诗描写了诗人与儿女在相隔四年之后重逢的情景。诗人另有《别三子》记当日分开之时，全诗为：“夫妇死同穴，父子贫贱离。天下宁有此？昔闻今见之！母前三子后，熟视不得追。嗟乎胡不仁，使我至于斯！有女初束发，已知生离悲；枕我不肯起，畏我从此辞。大儿学语言，拜揖未胜衣；唤爷我欲去，此语那可思！小儿襁褓间，抱负有母慈；汝哭犹在耳，我怀人得知！”相比当日儿女离家时的幼稚和诗人难以忍受的悲痛，今日重逢时，有恍若隔世之感。当日儿女尚幼，所以诗人有“眉目略不省”之语，诗人在狂喜之余，又生怕是梦一场，他的激动的心尚不能安定下来。

全诗明白如话，却因其真实而感人至深。

寄黄几复

[宋]黄庭坚

我居北海君南海，寄雁传书谢不能①。桃李春风一杯酒，江湖夜雨十年灯。持家但有四立壁②，治病不蕲三折肱③。想见读书头已白，隔溪猿哭瘴溪藤。

【作者简介】

见《登快阁》。

【解题】

黄几复：名介，南昌人，是黄庭坚少年时的好友，时为广州四会(今广东四会县)知县。此诗作于宋神宗元丰八年(1085)，此时黄庭坚监德州(今属山东)。当时两人分处天南海北，黄庭坚遥想友人，写下了这首诗。

【注释】

①“寄雁”句：传说雁南飞时不过衡阳回雁峰，所以大雁“谢不能”。

②四立壁:《史记·司马相如列传》载:“文君夜奔相如,相如驰归成都,家徒四壁立。”

③蕲:祈求。肱:手臂由肘到肩的部分。《左传·定公十三年》载:“三折肱,知为良医。”故以“三折肱”代指良医。

【赏析】

黄庭坚为此诗作跋云:“几复在广州四会,予在德州德平镇,皆海滨也。”因此,诗歌开篇即以一“南”一“北”,极言距离之遥远,甚至连大雁都婉言拒绝他传声讯的要求。领联“桃李春风一杯酒,江湖夜雨十年灯”句中,“风”与“雨”、“一”与“十”、“酒”与“灯”的对比极为工整,又很鲜明,将两人旧日的美好时光与分别后的各自生活浓缩进短短十四个字中,令人回味无穷。后四句则从“持家”“治病”等方面写了诗人的近况,并以“头白”推想对方,借此抒发自己的抑郁之情。

全诗几乎“无一字无来处”,但并不晦涩,反有化腐朽为神奇的效果。

备选篇目

渡汉江

[唐]宋之问

岭外音书断,经冬复历春。近乡情更怯,不敢问来人。

九日登高

[唐]王　勃

九月九日望乡台，他席他乡送客杯。人情已厌南中苦，鸿雁那从北地来。

天末怀李白

[唐]杜　甫

凉风起天末，君子意如何。鸿雁几时到，江湖秋水多。文章憎命达，魑魅喜人过。应共冤魂语，投诗赠汨罗。

游子吟

[唐]孟　郊

慈母手中线，游子身上衣。临行密密缝，意恐迟迟归。谁言寸草心，报得三春晖。

喜贾岛至

[唐]姚　合

布囊悬蹇驴，千里到贫居。饮酒谁堪伴，留诗自与书。爱眠知不醉，省语似相疏。军吏衣裳窄，还应暗笑余。

宿骆氏亭寄怀崔雍崔衮

[唐]李商隐

竹坞无尘水槛清，相思迢递隔重城。秋阴不散霜飞晚，留得枯荷听雨声。

辇下春望

[宋]寇　准

独向东门凝目望，园林无处不啼莺。乡心已似杨花乱，归路那堪野草生。紫陌尽应趋胜地，红尘谁肯受闲名。年来却羡沧江叟，长在湖山听浪声。

正月十五夜出回

[宋]梅尧臣

不出只愁感，出游将自宽。贵贱依俦匹，心复殊不欢。渐老情易厌，欲之意先阑。却还见儿女，不语鼻辛酸。去年与母出，学母施朱丹。今母归下泉，垢面衣少完。念尔各尚幼，藏泪不忍看。推灯向壁卧，肺腑百忧攒。

乡　思

[宋]李　觏

人言落日是天涯，望极天涯不见家。已恨碧山相阻隔，碧山还被暮云遮。

夏日怀友

[宋]徐　玑

流水阶除静，孤眠得自由。月生林欲晓，雨过夜如秋。远忆荷花浦，谁吟杜若洲。良宵恐无梦，有梦即俱游。

点绛唇·途中逢管倅

[宋]赵彦端

憔悴天涯，故人相遇情如故。别离何遽，忍唱阳关句。我是行人，更送行人去。愁无据。寒蝉鸣处，回首斜阳暮。

邳州哭母小祥

[宋]文天祥

我有母圣善，鸾飞星一周。去年哭海上，今年哭邳州。遥想仲季间，木主布筵几。我躬已不阅，祀事付支子，使我早沦落，如此终天何。及今毕亲丧，于分亦已多。母尝教我忠，我不违母志。及泉会相见，鬼神共欢喜。

闺怨、爱情篇

白居易云："感人心者，莫先乎情。"（《与元九书》）此情，在亲情、友情、乡情之外，还有爱情。中国古典爱情诗歌源远流长，从《王风·采葛》中的"一日不见，如三秋兮"到汉代民歌《上邪》中的"夏雨雪，天地合，乃敢与君绝"，到唐代铜官窑瓷器上的题诗："君生我未生，我生君已老。君恨我生迟，我恨君生早。"再到宋代李之仪的小词："只愿君心似我心，定不负，相思意。"（《卜算子》）可见爱情一直存在于中国古典诗词中。

唐宋的爱情诗词丰富多彩，既有大胆、直接的爱情告白，也有甜蜜中夹杂着相思之苦的恋情，还有温馨、和美又不失小烦恼的婚后生活场景，当然也包括了众多凄美、感人的悼亡之作。

“诗言志”,“词言情”,词为艳科,由于诗、词文体功能的天然差异,导致唐宋诗词中以爱情为主题的作品是动态发展、不均衡的,就如钱锺书先生《宋诗选注·序》中所说:“据唐宋两代的诗词来看,也许可以说,爱情,尤其是在封建礼教眼开眼闭的监视之下的那种公然走私的爱情,从古体诗差不多全部撤退到近体诗里,又从近体诗里大部分迁移到词里。”有鉴于此,本篇所选的篇目,从比重上来说,宋词占的篇幅略多。

玉阶怨

［唐］李　白

玉阶生白露，夜久侵罗袜[①]。却下水精帘[②]，玲珑望秋月。

【作者简介】

见《将进酒》。

【解题】

玉阶怨，乐府古题，《乐府诗集》卷四十三将之列入《相和歌词·楚调曲》。

【注释】

①罗袜：丝织的袜子。

②却下：回房放下。

【赏析】

该诗前两句写女主人公独立玉阶，以至露水浸湿了罗袜。后两句写她回房放下水晶帘，却仍隔着帘子望着秋月。全诗以“怨”字为题，却“妙在不明说怨”（沈德潜《唐诗别裁集》），通过“侵”字写出夜色之浓、等待之久，通过“望”字写出幽怨之深、幽独之苦。可谓处处是怨，不着一字，尽得风流。

遣悲怀(其二)

[唐]元　稹

昔日戏言身后意①,今朝都到眼前来。衣裳已施行看尽②,针线犹存未忍开。尚想旧情怜婢仆,也曾因梦送钱财。诚知此恨人人有,贫贱夫妻百事哀。

【作者简介】

元稹(779—831),字微之,为北魏宗室鲜卑族拓跋部后裔,洛阳(今河南洛阳)人。元稹和白居易同科及第,他们的诗歌理论观点相近,结成了莫逆之交,世人将二人并称为“元白”。两人之间经常有诗歌唱和,并发明了“邮筒传诗”。元稹与白居易同为“新乐府”的倡导者之一,元稹的“新题乐府”受到李绅、王建、张籍等人的影响,针砭时弊。其悼念亡妻的诗动人肺腑。有《元氏长庆集》,另有传奇《莺莺传》,又名《会真记》,是元曲《西厢记》的故事来源。

【解题】

元稹有《遣悲怀》三首,此是其二,约作于元和六年(811),三首诗皆是元稹为悼念去世的妻子韦丛所作。

【注释】

①戏言:开玩笑的话。身后意:关于死后的设想。

②行看尽:眼看快要完了。

【赏析】

元稹之妻韦丛青年早逝，元稹曾写下《遣悲怀》《离思》等系列诗作悼念她。此诗主要通过生活中一些常见事物来抒写自己的哀思。人已离去，而她曾经使用过的物品都还在——穿过的衣裳、做过的针线活等，都沾染了她的气息。诗人唯有用舍弃、封存等方式来处理这些物品，然而终究无力摆脱此种无穷无尽的思念。末句“诚知此恨人人有，贫贱夫妻百事哀”二句推己及人，强自宽解，是千古流传的名句。

无　题(昨夜星辰昨夜风)

[唐]李商隐

昨夜星辰昨夜风，画楼西畔桂堂东①。身无彩凤双飞翼，心有灵犀一点通②。隔座送钩春酒暖③，分曹射覆蜡灯红④。嗟余听鼓应官去⑤，走马兰台类转蓬⑥。

【作者简介】

见《马嵬》(其二)。

【解题】

李商隐是无题诗的代表人物。诗人以“无题”为题作诗，是因为不便于或不想直接用题目来显露诗歌的主旨。李商隐的无题诗多言情，但其真正主旨又扑朔迷离，指向不明，本诗在李商

隐的众多无题诗中，是争议较少的一首，是一首对意中人的思念之作。

【注释】

①桂堂：桂木所建造的厅堂。此句的画楼、桂堂都是比喻富贵人家的屋舍。

②灵犀：旧说犀牛有神异，角中有白纹如线，直通两头，此处比喻两心相通。

③送钩：又称藏钩，是古代腊日的一种游戏，分二曹以较胜负。把钩互相传送后，藏于一人手中，令人猜。

④分曹：分组。射覆：在覆器下放着东西令人猜。

⑤听鼓：古代官府卯刻击鼓。应官：犹当官。

⑥兰台：秘书省，李商隐曾任秘书省正字。

【赏析】

本诗首联写昨夜的相会：精美画楼的西畔，桂木厅堂的东边，星辰闪烁，微风拂面，宁静浪漫的气息扑面而来。颔联是此诗的名句，写的是今日的相思，“身无”与“心有”两相对比，奇妙统一，将相思的痛苦和爱情的甜蜜写得细致入微。颈联笔锋一转，又写到共同参与的宴会上的热闹场景，隔座送钩，分组射覆，欢声笑语犹在眼前。尾联写到天明离开，无奈中又多了一份身世的漂泊之感。全诗深入幽微的心灵世界，把爱情中的心理活动写得细腻真切。

蝶恋花

[宋]柳　永

伫倚危楼风细细①。望极春愁，黯黯生天际②。草色烟光残照里，无言谁会凭阑意③。　拟把疏狂图一醉。对酒当歌④，强乐还无味。衣带渐宽终不悔⑤，为伊消得人憔悴。

【作者简介】

见《鹤冲天》。

【解题】

蝶恋花，又名《鹊踏枝》《凤栖梧》。这是一首抒写对意中人的刻骨思念的怀人之作。

【注释】

①伫倚危楼：长时间依靠在高楼的栏杆上。

②黯黯：迷蒙不明，形容词人心情沮丧忧愁。

③会：理解。

④对酒当歌：曹操《短歌行》有“对酒当歌，人生几何？”之句。

⑤衣带渐宽：指人逐渐消瘦。

【赏析】

柳永词中多男女艳情之作，本词却独显真挚高雅。全词把词人羁留异乡的孤独与落魄同怀念意中人的刻骨相思结合在一起，写景抒情，感情真挚。尤其是最后“衣带渐宽终不悔，为伊消得人憔悴”两句，是全词的点睛之笔，也是千古流传的名句。王国维的《人间词话》更将之列为“人生三重境界”之第二重，赋予了此句更丰富的内涵。

鹧鸪天

［宋］晏几道

彩袖殷勤捧玉钟①，当年拚却醉颜红②。舞低杨柳楼心月，歌尽桃花扇底风。③　　从别后，忆相逢，几回魂梦与君同④。今宵剩把银釭照，犹恐相逢是梦中。

【作者简介】

晏几道(1038—1110)，字叔原，号小山，抚州临川(今属江西省南昌市进贤县)人。晏殊第七子，早为贵公子，晏殊亡故后，家道中落。历任颍昌府许田镇监、乾宁军通判、开封府判官等职。擅词，与其父晏殊合称“二晏”。其词作工于言情，语言清丽，感情深挚。有《小山词》。

【解题】

鹧鸪天，又名《思佳客》。此词黄升《花庵词选》题作《佳会》。

【注释】

①彩袖：代指穿彩衣的歌女。

②拚(pàn)却:甘愿,不顾惜。却:语气助词。

③“舞低”二句:歌女舞姿曼妙,直舞到挂在杨柳树梢照到楼心的明月低沉下去。清歌婉转,直唱到扇底儿风消歇,极言歌舞时间之久。这两句是《小山词》中的名句。

④同:聚在一起。

【赏析】

晏几道被冯煦评为“古之伤心人”(《宋六十一家词选例言》),他天性痴情,却因家道中落而饱尝悲欢离合。本词写晏几道与某位歌妓重逢的情景,采用倒叙手法,先写当年的歌舞欢宴,以及分别后的相互思念,最后再写重逢时的惊喜。语言委婉细腻,情感纯真动人,可谓工于言情却能真者。

鹊桥仙

[宋]秦　观

纤云弄巧[①],飞星传恨[②],银汉迢迢暗度[③]。金风玉露一相逢[④],便胜却人间无数。　　柔情似水,佳期如梦,忍顾鹊桥归路[⑤]。两情若是久长时,又岂在朝朝暮暮。

【作者简介】

见《满庭芳》。

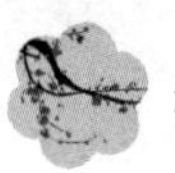

【解题】

有学者认为此词是秦观为长沙义倡所作，据洪迈《夷坚志补》卷二载："义倡者，长沙人也，不知其姓氏。家世倡籍，善讴，尤喜秦少游乐府，得一篇，辄手笔口咏不置。"秦观被贬郴州，道经长沙，与义倡相识，后写下此词，以寄托深情。

【注释】

①弄巧：指云彩幻化成各种花样。

②飞星：流星。

③银汉：银河。迢迢：遥远的样子。《古诗十九首》中《迢迢牵牛星》云："河汉清且浅，相去复几许？盈盈一水间，脉脉不得语。"

④金风玉露：出自李商隐《辛未七夕》诗："由来碧落银河畔，可要金风玉露时。"

⑤忍顾：不忍心回视。

【赏析】

七夕节，又名乞巧节、七巧节，是古代女子乞求心灵手巧的节日。七夕节与牛郎织女的爱情传说紧密联系在一起，文人往往借牛郎的故事书写人间痴男怨女的悲欢离合，留下不少佳作，秦观此词即是其中之一。本词写出了古典而纯净的爱情，既有爱人相聚时的温柔缠绵、即将离别时的恋恋不舍，也有分别后对于爱情的忠诚和期盼。全词融描写、议论、抒情于一体，更留下了“两情若是久长时，又岂在朝朝暮暮”这一千古传诵的名句。全词语句优美，情感跌宕起伏、缠绵悱恻，是宋词中的婉约名作。

半死桐

［宋］贺　铸

重过阊门万事非①。同来何事不同归。梧桐半死清霜后②，头白鸳鸯失伴飞。　　原上草，露初晞。③旧栖新垅两依依④。空床卧听南窗雨，谁复挑灯夜补衣？

【作者简介】

贺铸(1052—1125)，字方回，自号庆湖遗老，自称远祖本居山阴，是贺知章后裔，后徙居卫州(今河南省卫辉市)。出身贵族，是宋太祖贺皇后族孙。贺铸长身耸目，面色铁青，人称贺鬼头，为人豪爽，喜论天下事。曾任右班殿直、泗州通判、太平州通判等职。晚年退居苏州，杜门校书。贺铸长于词，善于锤炼语言，融化前人成句。因其词中“试问闲愁都几许？一川烟草，满城风絮，梅子黄时雨”(《横塘路》)等句被时人称为“贺梅子”“贺三愁”。

【解题】

该词作于宋徽宗建中靖国元年(1101)，作者回到苏州悼念亡妻赵氏时所作。因此词有“梧桐半死清霜后”句，贺铸名之为《半死桐》。

【注释】

①阊门：苏州城西门，此处代指苏州。

②梧桐半死：枚乘《七发》中说：“龙门有桐，其根半生半死，斫以制琴，声音为天下之至悲。”这里用来比拟词人的丧偶之痛。

③“原上草”二句：形容人生短促。《薤露》载：“薤上露，何易晞。露晞明朝更复落，人死一去何时归。”

④旧栖：旧居，指生者所居处。新垅：新坟，指死者葬所。

【赏析】

贺铸此词在文学史上是与潘岳《悼亡》、元稹《遣悲怀》、苏轼《江城子·乙卯正月二十日夜记梦》等作品同享盛名的悼亡名作。贺铸夫妇曾住苏州，但妻子不幸逝于苏州，贺铸重回苏州，想念过世的妻子，写下此词。词中贺铸用半死梧桐和失伴鸳鸯的典故来比喻自己孤身一人的苦状，用“原上草，露初晞”等句哀叹妻子生命的易逝和人世的无常。在辗转难眠中，词人再一次想起妻子的勤劳和两人的恩爱，不禁悲从中来，情难自已。词中既有文学典故，又有生活中的小细节，富有感染力。

一剪梅

[宋]李清照

红藕香残玉簟秋[1]。轻解罗裳，独上兰舟[2]。云中谁寄锦书来[3]？雁字回时[4]，月满西楼。　　花自飘零水自流。一种相思，两处闲愁。[5]此情无计可消除，才下眉头，却上心头。

【作者简介】

见《夏日绝句》。

【解题】

《一剪梅》，又名《一枝花》《蜡梅香》《蜡梅春》《玉簟秋》等。该词写于赵明诚远别后，抒发了作者对丈夫的思念之情。伊世珍《琅嬛记》说："易安结褵（婚）未久，明诚即负笈远游。易安殊不忍别，觅锦帕书《一剪梅》词以送之。"

【注释】

①红藕：红色的荷花。玉簟（diàn）：光滑似玉的精美竹席。

②兰舟：这里指小船。

③锦书：《晋书·列女传》载："窦滔妻苏氏，始平人也，名蕙，字若兰，善属文。滔，苻坚时为秦州刺史，被徙流沙，苏氏思之，织锦为回文旋图诗以赠滔。宛转循环以读之，词甚悽惋，凡八百四十字，文多不录。"后人因称妻寄夫为锦字、锦书。

④雁字:群雁飞时常排成“一”字或“人”字,诗文中指群飞的大雁。

⑤一种相思,两处闲愁:意思是彼此心心相印,都在思念对方,却不能相见,只好各在一方愁闷着。

【赏析】

该词倾诉了作者在丈夫远行后的相思、离别之愁。作者在词中书写了自身真切感受,用口语化的语言将微妙曲折的情感起伏变化描绘得明白具体。语言精练清丽,在情感上,与“男子作闺音”相比,尤为真挚动人。

清平乐·夏日游湖

[宋]朱淑真

恼烟撩露①,留我须臾住②。携手藕花湖上路,一霎黄梅细雨③。　　娇痴不怕人猜④,和衣睡倒人怀。最是分携时候,归来懒傍妆台。

【作者简介】

朱淑真,自号幽栖居士,钱塘(今浙江杭州)人。生于仕宦之家。朱淑真南宋初年在世,其余生平不可考。相传其夫为文法小吏,夫妻志趣不合,致其抑郁早逝,其墓在杭州青芝坞。朱淑真通音律,擅词,词多抒写个人爱情生活,幽怨伤感,亦能诗画,是唐宋留存作品较丰富的女作家。现存诗集《断肠集》、词集《断肠词》。

【解题】

清平乐，词牌名，又名《清平乐令》《醉东风》《忆萝月》。该词是词人与友人相伴游西湖之作。

【注释】

①恼：犹撩也。恼烟撩露：指荷花含烟带露，撩拨人。欧阳修《少年游》载：“恼烟撩雾，拚醉倚西风。”

②须臾：片刻。

③黄梅细雨：贺铸《青玉案》载：“试问闲愁都几许？一川烟草，满城风絮，梅子黄时雨。”

④猜：指责、议论。

【赏析】

该词记叙了作者与友人在春末夏初携手同游西湖的情景，被誉为“善于言情”（吴衡照《莲子居词话》卷二）的“和衣睡倒人怀”六字，原作“随群暂遣愁怀”，根据四印斋本校改而成。朱淑真是一位性情中人，其笔下的女主人公率真大胆，在游玩中尽兴尽情，回家后却又慵懒寂寞，其娇痴可爱的形象和执着真切的情感跃然纸上。

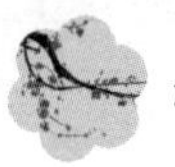

沈　园（其一）

［宋］陆　游

城上斜阳画角哀①，沈园非复旧池台。伤心桥下春波绿，曾是惊鸿照影来②。

【作者简介】

见《病起书怀》。

【解题】

陆游有《沈园》二首，此诗是组诗其一。沈园，南宋名园，故址在今浙江绍兴禹迹寺南。陆游与结发妻唐婉感情颇深，却被迫离异。二人分开后各自嫁娶，偶于春游时在沈园相遇，作《钗头凤》词，唐婉不久即因病去世。此段感情悲剧令陆游一生难以忘怀，于宋宁宗庆元五年（1199）七十五岁时写下此诗。

【注释】

①斜阳：偏西的太阳。画角：古代管乐器，以竹木或皮革制成，表面有彩绘，故名画角。其形如竹筒，发声凄厉哀怨，故言“画角哀”。

②惊鸿：这里指唐琬。三国魏·曹植《洛神赋》载：“翩若惊鸿”。

【赏析】

爱国情怀贯穿陆游一生，陆游身上的儿女私情也分外感人。《沈园》即是陆游回忆当年情事的经典之作，也是宋代少有的不

“淡泊、笨拙、套板”(钱钟书《宋诗选注》)的爱情诗之一。本诗写作时距沈园重逢唐婉已四十余年,陆游却并未因时间的消逝而忘怀过去,反愈加刻骨铭心。本诗一、二句以“斜阳”二字渲染出伤感氛围,引发出物是人非之感。三、四句则引出作者伤心的回忆,桥下的春波曾映出唐婉美丽的身姿,然而斯人已逝,陆游唯有将此情感永存心中。

备选篇目

望月怀远

[唐]张九龄

海上生明月,天涯共此时。情人怨遥夜,竟夕起相思。灭烛怜光满,披衣觉露滋。不堪盈手赠,还寝梦佳期。

长干行

[唐]李　白

妾发初覆额,折花门前剧。郎骑竹马来,绕床弄青梅。同居长干里,两小无嫌猜。十四为君妇,羞颜未尝开。低头向暗壁,千唤不一回。十五始展眉,愿同尘与灰。常存抱柱信,岂上望夫台。十六君远行,瞿塘滟滪堆。五月不可触,猿声天上哀。门前迟行迹,一一生绿苔。苔深不能扫,落叶秋风早。八月蝴蝶黄,双飞西园草。感此伤妾心,坐愁红颜老。早晚下三巴,预将书报家。相迎不道远,直至长风沙。

题都城南庄

［唐］崔　护

去年今日此门中，人面桃花相映红。人面不知何处去，桃花依旧笑春风。

离　思

［唐］元　稹

曾经沧海难为水，除却巫山不是云。取次花丛懒回顾，半缘修道半缘君。

无　题（相见时难别亦难）

［唐］李商隐

相见时难别亦难，东风无力百花残。春蚕到死丝方尽，蜡炬成灰泪始干。晓镜但愁云鬓改，夜吟应觉月光寒。蓬山此去无多路，青鸟殷勤为探看。

春　怨

［唐］金昌绪

打起黄莺儿，莫教枝上啼。啼时惊妾梦，不得到辽西。

卜算子

［宋］李之仪

我住长江头，君住长江尾。日日思君不见君，共饮长江水。此水几时休，此恨何时已。只愿君心似我心，定不负相思意。

诉衷情

［宋］张　先

花前月下暂相逢，苦恨阻从容。何况酒醒梦断，花谢朋朦胧。花不尽，月无穷，两心同。此时愿作，杨柳千丝，绊惹春风。

临江仙

［宋］晏几道

梦后楼台高锁，酒醒帘幕低垂。去年春恨却来时。落花人独立，微雨燕双飞。　　记得小萍初见，两重心字罗衣。琵琶弦上说相思。当时明月在，曾照彩云归。

长相思

［宋］康与之

南高峰，北高峰，一片湖光山色中。春来愁杀侬。　　郎意浓，妾意浓，油壁车轻郎马骢。相逢九里松。

钗头凤

［宋］陆　游

红酥手，黄縢酒，满城春色宫墙柳。东风恶，欢情薄。一怀愁绪，几年离索。错、错、错。　　春如旧，人空瘦，泪痕红浥鲛绡透。桃花落，闲池阁。山盟虽在，锦书难托。莫、莫、莫。

祝英台近

［宋］戴复古妻

惜多才，怜薄命，无计可留汝。揉碎花笺，忍写断肠句。道傍杨柳依依，千丝万缕，抵不住、一分愁绪。　　如何诉。便教缘尽今生，此身已轻许。捉月盟言，不是梦中语。后回君若重来，不相忘处，把杯酒、浇奴坟土。

杭州、西湖诗词篇

杭州以其秀丽自然风光和繁华市井风情兼备的独特生态环境而闻名。它由秦汉时期的山中小县、隋朝时的运河起点、唐朝时的二线城市、五代时的乱世乐土，经千余年的发展，在北宋时期已经成为一座以西湖山水美景闻名天下，更兼市井繁华、民生富乐的都市。至南宋，都城临安更成为世界上举足轻重的大城市。

西湖是杭州的地标，就如曾两度到杭州，与杭州有不解之缘的苏轼所说："杭之西湖，如人之有眉目。"(《杭州乞度牒开西湖状》)同时，西湖也是文人交友、游览、挥洒文思的重要地点。西湖位于杭州城西，它一面与城相接，另三面则被群山环绕，周边有天竺山、龙井山、南高峰、玉皇山、吴山、灵隐山、葛岭、北高峰、宝石山等，这是一个多重、开放、包容的空间：西湖及其周边既有缙绅士人爱去的园圃，也有王公贵族居住的“贵宅”；既有官宦人家居住的“宦舍”，也有僧人所居的“梵刹琳宫”；而普通人也可以在湖边、堤上感受西湖的四季风情。

杭州、西湖名胜与西湖文学相得益彰，互相促进。唐宋诗词中关于杭州、西湖的名作比比皆是，李白、白居易、柳永、苏轼、杨万里、姜夔……无数文人墨客将西湖不断诗意化、文学化，留下众多脍炙人口的诗词，明代田汝成《西湖游览志余》对此总结说：“西湖巨丽，唐初未闻也……白乐天搜奇索隐，江山风月，咸属品题，而佳境弥章。苏子瞻昭旷玄襟，追踪遐躅。南渡以后，英俊丛集，昕夕流连，而西湖底蕴，表襮殆尽。”南宋时期甚至形成了如西湖吟社之类的诗社、词社，成为唐宋时期重要的文学——文化现象。通过这些文人的努力，杭州、西湖等词成为后世文学作品中的一个典型的文学意象，具有了丰富的文化意蕴。通过这些作品，可以深层次品味到杭州、西湖的美，进一步理解和感受杭州的地域文化。

灵隐寺

[唐]宋之问

鹫岭郁岧峣[1],龙宫锁寂寥[2]。楼观沧海日,门对浙江潮[3]。桂子月中落[4],天香云外飘[5]。扪萝登塔远,刳木取泉遥。霜薄花更发,冰轻叶未凋。夙龄尚遐异[6],搜对涤烦嚣。待入天台路,看余度石桥[7]。

【作者简介】

宋之问(约656—约712),字延清,名少连,汾州(今山西汾阳市)人,唐高宗上元二年(675)进士及第,武后时,以诗赋得幸,被召入文学馆,不久出授洛州参军。后因谄事张易之,告发张仲之等事,劣迹斑斑,天下丑之,屡遭贬斥,玄宗时赐死。其诗多应制之作,尤长于五律,对仗工整,音律协调,为唐诗的格律定型做出了一定贡献,与沈佺期并称为“沈宋”。

【解题】

唐中宗景龙四年(710),因知贡举时受贿一事被揭发,宋之问被贬为越州长史,离京赴越,这首《灵隐寺》是他赴越州(今属浙江绍兴)途中经过杭州,游灵隐寺时所作。

【注释】

①鹫岭:本是印度灵鹫山,借指灵隐寺前的飞来峰。据说东晋年间,印度僧人慧理云游到浙江杭州,见到飞来峰,惊叹道:

“此乃中天竺国灵鹫山一小岭，不知何代飞来？佛在世日，多为仙灵所隐。”由此便在飞来峰前建寺，取名为灵隐寺，寺前山峰便被人们称为飞来峰。岧(tiáo)峣(yáo)：山高而陡峻的样子。

②龙宫：本指龙王所居宫殿，此处泛指灵隐寺中的殿宇。

③浙江潮：钱塘江又称浙江，浙江潮即钱塘江潮。

④桂子：桂花。又有传说灵隐寺和天竺寺每到秋高气爽时节常有似豆的颗粒从天空降落，称为桂子。

⑤天香：祭神的香。北周庾信《奉和同泰寺浮图》诗：“天香下桂殿，仙梵入伊笙。”

⑥夙龄：年轻的时候。尚：喜欢。遐异：远方美景。

⑦石桥：指天台著名的风景石梁飞瀑。

【赏析】

唐代都城在长安，国家的政治、经济、文化中心尚在西北，东南沿海一带是贬官安置之地，故唐代在白居易之前写杭州和西湖的诗词尚不多见，宋之问《灵隐寺》是唐人写西湖的诗歌中较早的一篇。本诗描绘杭州灵隐寺之景，开篇一、二句以“鹫岭”“龙宫”等语写出寺院的庄严幽寂，接下来“楼观沧海日”等四句写灵隐寺楼台之高及桂花之香，而钱塘江潮和桂花飘香也正是杭州市自古至今的两大特色。接下来的四句写灵隐寺的周边环境：藤萝古塔，泉水淙淙，山花落叶，一切都显得超尘脱俗。全诗意境开阔、对仗工整，将灵隐寺及其周边环境恰如其分地表现了出来。

与颜钱塘登障楼望潮作

[唐]孟浩然

百里闻雷震，鸣弦暂辍弹[①]。府中连骑出[②]，江上待潮观。照日秋云迥，浮天渤澥宽[③]。惊涛来似雪，一座凛生寒。

【作者简介】

见《夜归鹿门歌》。

【解题】

颜钱塘：指钱塘县令颜某，其名未详。钱塘：旧县名，唐时县治在今浙江杭州市。障楼：一作"樟亭"，指樟亭驿楼。开元十七年(729)左右，孟浩然漫游吴越，至杭州时，与钱塘县令颜某同观钱塘江潮，写下此诗。

【注释】

①鸣弦：春秋时孔子弟子宓子贱，曾经为单父长官，"宓子贱治单父，弹鸣琴，身不下堂，而单父治"(《吕氏春秋》)。这里用此典故，称颂颜县令善于为政，无为而治。辍：停止。

②连骑：形容骑从众多。

③渤澥(xiè)：渤海。这里指钱塘江外的东海。

【赏析】

这是诗人描绘自己在钱塘颜县令陪同下观钱塘江潮的情

景。前四句写观潮前的情景，潮汐未至，而先声夺人，声如雷鸣。县衙门内则连骑涌出，赶到江岸边观潮，让诗人充满期待。后四句直写观潮的情况，诗人用日光、秋云、渤海、天空等物象来衬托钱塘江潮。潮水终于奔到诗人眼前，如同一道高耸的雪岭，让众人凛然。

全诗写潮水有声有色，层层渲染，波澜起伏，形象描绘出了钱塘江潮的壮观景象。

忆江南（其二）

［唐］白居易

江南忆，最忆是杭州。山寺月中寻桂子[①]，郡亭枕上看潮头[②]。何日更重游？

【作者简介】

见《轻肥》。

【解题】

忆江南：唐教坊曲名。作者题下自注说："此曲亦名《谢秋娘》，每首五句。"《乐府诗集》载："《忆江南》一名《望江南》，因白氏词，后遂改名《江南好》。"白居易有《忆江南》词三首，约作于开成二年(837)，分别写对江南、杭州、苏州的怀念，此词是第二首。刘禹锡也曾有《忆江南》词数首，其词序云："和乐天春词，依《忆江南》曲拍为句。”

【注释】

①桂子:桂花。传说灵隐寺和天竺寺每到秋高气爽时节常有似豆的颗粒从天空降落,称为桂子。

②郡亭:指杭州府属所建的江亭,即杭州刺史衙门里的虚白亭。看潮头:钱塘江入海处,有二山南北对峙如门,水被夹束,势极凶猛,为天下名胜。

【赏析】

白居易被贬为杭州刺史,来到杭州,却被杭州的湖光山色所吸引,杭州安置了他的身心,成为他念念不忘的第二故乡,他也成为在诗文中大力揄扬杭州和西湖的第一个人。历史地理学家谭其骧曾经指出:“西湖妙境天成,冠绝宇内,但自唐以前,未尝见诸题咏,知者殆鲜。长庆中,白居易守杭,酷爱湖山,眈昵云树,新词艳曲,叠出不穷……乐天在当时,诗名震撼一世,西湖经其品题,声价自必十倍,西湖遂为世人所周知,杭州遂为四方文士胜流好游赏者所麇集。”(《杭州都市发展之经过》)经白居易品题,西湖自此名声益振,蒙上了一层迷人的色彩,与古典诗词结下不解之缘。

该词第一句“江南忆,最忆是杭州”即突出杭州是作者最喜爱的江南城市之一。与宋之问一样,满城桂花和钱江潮依然是词人念念不忘之处。全词尽管只有寥寥数字,然情意真切,给人带来无穷的审美感受。

酒泉子(其一)

[宋]潘　阆

长忆钱塘,不是人寰是天上[①]。万家掩映翠微间。处处水潺潺。　　异花四季当窗放。出入分明在屏障。别来隋柳几经秋[②]。何日得重游。

【作者简介】

潘阆,字梦空,一说字逍遥,号逍遥子,大名(今属河北)人。著名隐士,曾于太宗至道年间被召,赐同进士出身,因性格疏狂两次坐事亡命。真宗时释其罪,工诗,诗学晚唐贾岛等人风格,其词今仅存《酒泉子》十首,有《逍遥集》存世。

【解题】

潘阆曾旅居杭州十载,离开之后,对杭州念念不忘,遂写了《酒泉子》组词追忆杭州。现存《酒泉子》共十首,该词为第一首。

【注释】

①人寰:人间。

②隋柳:隋炀帝喜柳,所经之处,喜人植柳。

【赏析】

该词以杭州为描写对象,全词以"长忆"开头,展示了杭州的美景,结尾二句则以思图再来杭州作结。全词回环往复,由今忆昔,从昔回今,前后呼应,在描绘杭城景色的同时展示了词人对杭州的喜爱之情，是柳永《望海潮》(东南形胜)之前较为重要的描写杭州的都市词。

望海潮

[宋]柳　永

东南形胜，三吴都会[①]，钱塘自古繁华。烟柳画桥[②]，风帘翠幕[③]，参差十万人家。云树绕堤沙[④]，怒涛卷霜雪[⑤]，天堑无涯[⑥]。市列珠玑，户盈罗绮，竞豪奢。
重湖叠巘清嘉[⑦]，有三秋桂子[⑧]，十里荷花。羌管弄晴，菱歌泛夜，嬉嬉钓叟莲娃。千骑拥高牙[⑨]，乘醉听箫鼓，吟赏烟霞。异日图将好景，归去凤池夸[⑩]。

【作者简介】

见《鹤冲天》。

【解题】

《望海潮》是柳永所作词牌，取杭州钱塘江观潮之意。据吴熊和《柳永与孙沔的交游及柳永卒年新证》一文考证，此词为至和元年(1054)，柳永赠杭州知州孙沔所作。孙沔向误作孙何。陈元靓《岁时广记》卷三十一引杨湜《古今词话》："柳耆卿与孙相何为布衣交。孙知杭州，门禁甚严。耆卿欲见之不得，作《望海潮》词，往谒名妓楚楚曰：'欲见孙相，恨无门路。若因府会，愿借

朱唇歌于孙相公之前。若问谁为此词，但说柳七。’中秋府会，楚楚宛转歌之，孙即日迎耆卿预坐。”

【注释】

①三吴：指吴兴（今浙江省湖州市）、吴郡（今江苏省苏州市）、会稽（今浙江省绍兴市）三郡。此处极言杭州是东南一带、三吴地区的重要都市。

②烟柳：雾气笼罩着的柳树。画桥：装饰华美的桥。

③风帘：挡风用的帘子。翠幕：青绿色的帷幕。

④云树：树木很多的样子。

⑤怒涛卷霜雪：又高又急的潮头打过来，浪花像霜雪一样。

⑥天堑：天然险阻。

⑦重湖：西湖以白堤为界，分为里湖和外湖，所以也叫重湖。巘（yǎn）：小山峰。叠巘：层层叠叠的山峦。此指西湖周围的山。清嘉：清秀美丽。

⑧三秋：秋季，亦指秋季第三月，即农历九月。王勃《滕王阁序》有“时维九月，序属三秋”。

⑨高牙：古代行军有牙旗在前引导，旗很高，故称“高牙”。

⑩凤池：凤凰池，原指皇宫禁苑中的池沼，此处指朝廷。

【赏析】

柳永此词上阕写杭州都市的自然风光和繁华市貌，下阕写西湖的美景和市民的生活场景。全词用了铺叙的笔法，从杭州城市的重要性、市内街巷河桥的美丽、居民生活的富庶到西湖的湖山之美，描摹细致，得北宋范镇称赞说："仁宗四十二年太平，镇在翰苑十余载，不能出一语咏歌，乃于耆卿词见之。"（祝穆《方舆胜览》引）而柳永此词，据说引来了一场战争，据罗大经《鹤林玉露》卷十三载："孙何帅钱塘，柳耆卿作《望海潮》词赠之云'东南形胜'云云。此词流播，金主亮闻歌，欣然有慕于'三秋桂子，十里荷花'，遂起投鞭渡江之志。"《鹤林玉露》之说虽有牵强附会之嫌，但从侧面反映了柳词绘杭州之曲尽其致，写出了其词的艺术感染力。

饮湖上初晴后雨（其二）

［宋］苏　轼

水光潋滟晴方好[1]，山色空蒙雨亦奇[2]。欲把西湖比西子[3]，淡妆浓抹总相宜。

【作者简介】

见《荔枝叹》。

【解题】

苏轼于宋神宗熙宁四年至七年（1071—1074）任杭州通判，此诗作于熙宁六年（1073）。《饮湖上初晴后雨》组诗共二首，此诗是其二。

【注释】

①潋滟：水面波光闪动的样子。

②空蒙：迷茫缥缈的样子。

③西子：西施，春秋时越国有名的美女。

【赏析】

苏轼曾前后两次出任杭州，第一次是熙宁四年(1071)出任杭州通判，第二次是元祐四年(1089)任杭州知州。苏轼在杭州任内修井、赈灾、抗瘟疫、疏浚西湖，政绩显著，得到当时百姓的赞扬。杭州西湖上尚有苏堤，濒临西湖的街道尚有两条以苏轼命名，分别是“学士路”与“东坡路”，足见苏轼与杭州的不解之缘。

本诗是一首赞美西湖美景的名作，作者毫不吝惜在前两句对西湖的美景进行了全方位的赞颂，写出了西湖的山美、水美，晴日美，雨中亦美。后两句创造性地把西湖之美与西施之美相比，不管是西施之美，还是西湖之美，文字的形容在天生丽质面前总是苍白无力，然而把西湖与西施放在一起，一句“淡妆浓抹总相宜”，却把只可意会不可言传的美女、美景之美都写活了。以至于西湖亦被称为“西子湖”，而“淡妆浓抹”句则成为人们心中写西湖的神来之笔，南宋诗人武衍甚至说：“除却淡妆浓抹句，更将何语比西湖?”(《正月二日泛舟湖上》)

临安春雨初霁

[宋]陆　游

世味年来薄似纱[①]，谁令骑马客京华。小楼一夜听春雨，深巷明朝卖杏花。矮纸斜行闲作草[②]，晴窗细乳戏分茶[③]。素衣莫起风尘叹[④]，犹及清明可到家。

【作者简介】

见《病起书怀》。

【解题】

宋孝宗淳熙十三年(1186)春，居于绍兴家中的陆游奉诏入都城临安(今浙江杭州)，觐见皇帝。到杭州后，他住在西湖边上的客栈里听候召见。在等待的日子里，他拜见了旧日好友，且游览了西湖，同时写下此诗。

【注释】

①世味：人情，世情冷暖。

②矮纸：短纸、小纸。斜行：倾斜的行列。草：指草书。

③晴窗：明亮的窗户。细乳：茶中的精品。分茶：宋元时煎茶之法。注汤后用箸搅茶乳，使汤水波纹幻变成种种形状。

④素衣：原指白色的衣服，这里用作代称。风尘叹：因风尘而叹息。

【赏析】

陆游的诗歌并非全是“金戈铁马”般雄奇悲壮，而是包罗万象的，钱钟书《宋诗选注》论到陆游曾说：“他的作品主要有两方面：一方面是悲愤激昂，要为国家报仇雪耻，恢复丧失的疆土，解放沦陷的人民；一方面是闲适细腻，咀嚼出日常生活的深永的滋味，熨帖出当前景物的曲折的情状。”这一首《临安春雨初霁》无疑是后一类型诗歌的代表。

淳熙十三年(1186)，六十余岁高龄的陆游已经饱尝人世冷暖，诗歌日益凝练精工。在临安等待孝宗召见的诗人百无聊赖，在体会了“薄似纱”的人情和“素衣莫起风尘叹”的失望后，他深入临安的大街小巷，静静聆听这座城市的呼吸和心跳，体会都民的日常生活，反而对这座城市的风味有了更贴切的感受，写下了“小楼一夜听春雨，深巷明朝卖杏花”的名句。该句尽管有诗人“一夜”难眠的辗转反侧，却融入春雨的湿润，还有着“卖杏花”的市井风情，这些都给诗人以安慰，也描绘出了春日都城临安繁华、忙碌、温暖、生机勃勃的生活场景。

风入松

[宋]俞国宝

一春长费买花钱[1]，日日醉湖边。玉骢惯识西湖路[2]，骄嘶过、沽酒楼前。红杏香中箫鼓[3]，绿杨影里秋千。　　暖风十里丽人天，花压鬓云偏。画船载取春归去，馀情付、湖水湖烟。明日重扶残醉[4]，来寻陌上花钿。

【作者简介】

俞国宝，号醒庵，江西抚州临川人。宋孝宗淳熙间为太学生，宋宁宗庆元初前后在世。俞国宝个性豪放洒脱，曾游览全国名山大川，饮酒赋诗，留下不少佳作。有《醒庵遗珠集》。

【解题】

俞国宝于淳熙年间作该词于西湖边某酒肆屏风上，曾得宋高宗赏识。《武林旧事》卷三“西湖游幸”条载，淳熙十二年(1185)，太上皇高宗一日游西湖，见酒肆屏风上有《风入松》词云：“一春长费买花钱，日日醉花边。玉骢惯识西湖路，骄嘶过、沽酒楼前。红杏香中箫鼓，绿杨影里秋千。暖风十里丽人天，花压髻云偏。画船载取春归去，余情付、湖水湖烟。明日再携残醉，来寻陌上花钿。”高宗驻目称赏久之，宣问何人所作，乃大学生俞国宝醉笔也。高宗笑曰：“此调甚好，但末句未免儒酸。”因

为改定云“明日重扶残醉”，则迥不同矣。即日予释褐。

【注释】

①长费：指耗费很多。买花钱：旧指狎妓费用。

②玉骢：毛色青白相间的马。

③箫鼓：箫与鼓。泛指奏乐。

④残醉：酒后残存的醉意。

【赏析】

南宋都城临安商品经济发达，山水优美，且自上而下风习逸豫，吴自牧《梦粱录》一书中曾多次提到此点：“临安风俗，四时奢侈，赏玩殆无虚日。”（卷四“观潮”条）周密甚至称临安城是一个“销金锅儿”（《武林旧事》卷三）。与林升《题临安邸》中“西湖歌舞几时休”的气愤和讽刺不同，俞国宝此词也是写西湖边的游乐生活，却沉浸于俗世的快乐。

该词开头数句中的“长费”“日日”“惯识”等词可见作者整个春天都沉浸在西湖边的花红柳绿中。湖边的丽人、湖中的游船、杨柳与箫鼓，都让词人沉迷于其中，忍不住明日再来。

该词语言流丽，既写出了南宋乾、淳年间小“太平盛世”的光景，也写出了临安城的富贵、从容，展现了南宋的物质文明和民众的休闲生活。

晓出净慈寺送林子方

[宋]杨万里

毕竟西湖六月中[①],风光不与四时同[②]。接天莲叶无穷碧[③],映日荷花别样红[④]。

【作者简介】

见《过松源晨炊漆公店》。

【解题】

净慈寺:全名“净慈报恩光孝禅寺”,与灵隐寺并称为杭州西湖南北山两大著名佛寺。林子方:作者的朋友,官居直阁秘书。林子方出任福州知州,赴福州任职,杨万里以此诗表达对朋友的挽留。

【注释】

①毕竟:到底。六月中:六月的时候。

②四时:春夏秋冬四个季节。在这里指六月以外的其他时节。同:相同。

③接天:与天空相接。形容莲叶面积很广,似与天相接。

④别样红:红得特别出色。

【赏析】

苏轼特别欣赏“橙黄橘绿”(《赠刘景文》)时的秋季,杨万里则尤为中意西湖六月的景色。而对于西湖盛夏的景色,诗人一心一意写荷花，“接天莲叶无穷碧，映日荷花别样红”二句看似平淡而不突兀，却匠心独运。其中有“碧”与“红”的强烈对比，还有“无穷”的空间想象，以及“别样”的独特美感，短短数语，虚实结合，气象万千，诗人抓住盛夏最有代表性的景物，写出了西湖的“别样”美。

湖上寓居杂咏（其十三）

［宋］姜　夔

柳下轩窗枕水开①，画船忽载故人来②。与君同过西城路，却指烟波独自回。

【作者简介】

见《疏影》。

【解题】

湖上：指西湖。宁宗庆元六年（1200），姜夔寓居杭州西湖，作《湖上寓居杂咏》十四首，此诗是第十三首。

【注释】

①轩窗：窗户，一般特指有栏杆或者图案的中式窗户。枕水：靠近水边，偃伏水上。

②画船：装饰华美的游船。

【赏析】

庆元年间，姜夔移家杭州，依附于张鉴、张镃等人。因性格使然，姜夔笔下的西湖远隔红尘，唯有水声、烟波。清冷幽寂，富有诗意。此诗中西湖是诗人的隐逸之滨和流寓之居，是心灵安置之所，是一个清苦、孤寒又不乏意趣的雅士西湖。

备选篇目

与从侄杭州刺史良游天竺寺

［唐］李　白

挂席凌蓬丘，观涛憩樟楼。三山动逸兴，五马同遨游。天竺森在眼，松风飒惊秋。览云测变化，弄水穷清幽。叠嶂隔遥海，当轩写归流。诗成傲云月，佳趣满吴洲。

春题湖上

［唐］白居易

湖上春来似画图，乱峰围绕水平铺。松排山面千重翠，月点波心一颗珠。碧毯线头抽早稻，青罗裙带展新蒲。未能抛得杭州去，一半勾留是此湖。

江楼夕望招客

［唐］白居易

海天东望夕茫茫，山势川形阔复长。灯火万家城四畔，星河一道水中央。风吹古木晴天雨，月照平沙夏夜霜。能就江楼消暑否？比君茅舍较清凉。

题杭州孤山寺

［唐］张　祜

楼台耸碧岑，一径入湖心。不雨山长润，无云水自阴。断桥荒藓涩，空院落花深。犹忆西窗月，钟声在北林。

相和歌词·堂堂

［五代］温庭筠

钱塘岸上春如织，淼淼寒潮带晴色。淮南游客马连嘶，碧草迷人归不得。风飘客意如吹烟，纤指殷勤伤雁弦。一曲堂堂红烛筵，金鲸泻酒如飞泉。

酒泉子（其三）

［宋］潘　阆

长忆西湖，湖上春来无限景。吴姬个个是神仙。竞泛木兰船。　　楼台簇簇疑蓬岛。野人只合其中老。别来已是二十年，东望眼欲穿。

怀西湖寄晁美叔同年

［宋］苏　轼

西湖天下景，游者无愚贤。深浅随所得，谁能识其全。嗟我本狂直，早为世所捐。独专山水乐，付与宁非天。三百六十寺，幽寻遂穷年。所至得其妙，心知口难传。至今清夜梦，耳目余芳鲜。君持使者节，风采烁云烟。清流与碧巘，安肯为君妍。胡不屏骑从，暂借僧榻眠。读我壁间诗，清凉洗烦煎。策杖无道路，直造意所便。应逢古渔父，苇间自延缘。问道若有得，买鱼勿论钱。

六月二十七日望湖楼醉书（其五）

［宋］苏　轼

未成小隐聊中隐，可得长闲胜暂闲。我本无家更安往，故乡无此好湖山。

梦行西湖梅花下（其一）

［宋］周紫芝

久把西湖作故乡，至今清梦到湖傍。分明昨夜经行处，一色梅花十里香。

西湖杂咏

［宋］萧彦毓

花心亭上坐，满眼是湖光。只为便幽趣，能来倚夕阳。水边春寺静，柳下小舟藏。不待清明近，莺花已自忙。

西湖次弟润之韵

［宋］刘　过

旧说西湖好，春来更一游。林逋山际宅，苏小水边楼。行密柳堤闹，树多花影稠。天堂从此去，真个说杭州。

木兰花慢·西湖十景

［宋］周　密

西湖十景尚矣。张成子尝赋《应天长》十阕夸余曰："是古今词家未能道者。"余时年少气锐，谓此人间景，余与子皆人间人，子能道，余顾不能道耶？冥搜六日而词成。成子惊赏敏妙，许放出一头地。异日霞翁见之曰："语丽矣，如律未协何？"遂相与订正，阅数月而后定。是知词不难作，而难于改；语不难工，而难于协。翁往矣，赏音寂然。姑述其概，以寄余怀云。

恰芳菲梦醒，漾残月、转湘帘。正翠崦收钟，彤墀放仗，台榭轻烟。东园。夜游乍散，听金壶、逗晓歇花签。宫柳微开露眼，小莺寂妒春眠。　　冰奁。黛浅红鲜。临晓鉴、竞晨妍。怕误却佳期，宿妆旋整，忙上雕軿。都缘探芳起早，看堤边、早有已开船。薇帐残香泪蜡，有人病酒恹恹。

主要参考书目

《敦煌曲子词集》，王重民编，商务印书馆 1956 年。

《全唐诗》，彭定求等纂，中华书局 1960 年。

《全宋词》，唐圭璋编，王仲闻校补，中华书局 1965 年。

《宋词三百首笺注》，朱祖谋编，唐圭璋笺注，上海古籍出版社 1979 年。

《唐代诗人丛考》，傅璇琮著，中华书局 1980 年。

《唐诗纪事》，计有功编，上海古籍出版社 1981 年。

《全宋词补辑》，孔凡礼编，中华书局 1981 年。

《唐诗品汇》，高棅编，上海古籍出版社 1982 年影印本。

《唐诗鉴赏辞典》，萧涤非、程千帆等撰稿，上海辞书出版社 1983 年。

《宋诗纪事》，厉鹗辑撰，上海古籍出版社 1983 年。

《唐五代两宋词选释》，俞陛云著，上海古籍出版社 1985 年。

《宋词鉴赏辞典》，唐圭璋主编，江苏古籍出版社 1986 年。

《词话丛编》，唐圭璋编，中华书局 1986 年。

《宋诗钞》，吴之振、吕留良、吴自牧选，管庭芬、蒋光煦补，中华书局 1986 年。

《宋诗三百首》，钱仲联选，钱学增注，浙江古籍出版社 1987 年。

《唐才子传校笺》,辛文房著,傅璇琮主编,中华书局 1987—1995 年。

《全唐诗典故辞典》,范之麟、吴庚舜主编,崇文书局 1989 年。

《唐诗大辞典》,周勋初主编,江苏古籍出版社 1990 年。

《唐五代词鉴赏辞典》,潘慎主编,北京燕山出版社 1991 年。

《全唐诗补编》,陈尚君辑校,中华书局 1992 年。

《全五代词》,李调元编,何光清点校,巴蜀书社 1992 年。

《全宋词典故辞典》,范之麟主编,湖北辞书出版社 1996 年。

《全宋诗》,北京大学古文献研究所编,北京大学出版社 1998 年。

《宋诗话全编》,吴文治主编,凤凰出版社 1998 年。

《全宋诗 1—72 册作者索引》,许红霞主编,北京大学出版社 1999 年。

《全唐诗》(增订本),中华书局编辑部点校,中华书局 1999 年。

《全唐五代词》,曾昭岷等编,中华书局 1999 年。

《全唐诗作者索引》,杨玉芬、柳过云编,中华书局 2000 年。

《宋诗精选》,程千帆编选,江苏古籍出版社 2002 年。

《唐宋人选唐宋词》,唐圭璋等校点,上海古籍出版社 2004 年。

《唐宋词选释》,俞平伯选释,人民文学出版社 2005 年。

《全宋诗订补》,陈新等补正,大象出版社 2005 年。

《宋诗选注》,钱钟书选注,人民文学出版社 2005 年。

《唐宋词分类选讲》,王兆鹏主编,高等教育出版社 2007 年。

《宋词鉴赏辞典》,夏承焘等撰,上海辞书出版社 2013 年。

《宋诗鉴赏辞典》,缪钺等撰,上海辞书出版社 2015 年。

《唐宋词鉴赏辞典》,吴中胜、黄鸣主编,崇文书局 2016 年。

《唐宋词人年谱》,夏承焘著,商务印书馆 2017 年。

《〈全宋诗〉补阙:补诗人、补诗事、补诗评》,高志忠、张福勋著,商务印书馆 2018 年。

《宋词选》,胡云翼选注,中华书局 2020 年。

《宋词品读·人生况味篇》,刘尊明编著,商务印书馆 2020 年。